始末

剣客相談人10

森 詠

時代小説

二見時代小説文庫

目次

用心棒始末——剣客相談人10

第一話　もう一人の殿様

一

春うらら。

大川は穏やかに流れていた。

頭上に輝く太陽は江戸の街に暖かい陽射しを投げかけ、長い冬の終わりを告げていた。

土手の土筆《つくし》や蒲公英《たんぽぽ》が、爽《さわ》やかな川風に揺れていた。

積み荷を山積みした船や屋根船《やねぶね》がのんびりと流れ下って行く。

かすかな魚信《あたり》が手にあった。

おう、また来たか！

長屋の殿様こと若月丹波守《わかつきたんばのかみ》清胤《きよつぐ》改め大館文史郎《おおだてぶんしろう》は、さっと釣り竿《つざお》を引き上げた。

魚が餌《えさ》を腹の奥にまで飲み込んでしまうと、釣り針を外し難くなる。

魚が空中で銀鱗《ぎんりん》を翻《ひるがえ》して暴れている。

二寸（約六センチ）にもならない小魚だった。

おぬし、まだ子供だな。

文史郎は魚の口を開け、口の端に掛かった針を抜いて、また川に戻した。

大きくなって戻って来いよ。

今日は余裕だった。小さな魚は逃がす。

文史郎は新しいみみずを釣り針に掛け、やや岸から離れた淀《よど》みに釣り針を放った。

「殿、今日はいつになく、調子がよさそうですね」

少し離れた岸辺から釣り仲間の小鉄《こてつ》が笑いながらいった。

「ああ。本日はおもしろいようによう釣れる」

大川端のいつもの場所で、いつものように釣り糸を垂れていたが、なぜか、今日は魚のあたりが非常によかった。

釣れること、釣れること、朝からまるで入れ食いだった。

すでに魚籠《びく》には、ぼらやはぜ、なまずやうなぎなどの魚が一杯だった。いつにない釣果《ちょうか》だ。

今日は、いつになくツイている。何かいいことがある予兆《よちょう》かもしれない。

このところ、連日、釣果なしの坊主だったのが嘘みたいだった。

さっきの小魚でも釣果として長屋に持ち帰ったものだ。今日は、そんなしみったれたことはしないでも大丈夫。

本日のような釣果だったら、爺《じい》こと左衛門《さえもん》は泣いて喜ぶであろう。大門甚兵衛《だいもんじんべえ》にも、胸を張って、本日の釣果を見せて自慢することができる。

「小鉄、おぬしの様子はどうだな」

文史郎は上機嫌で尋ねた。

「こっちはさっぱりでさあ。魚がまったく寄って来ねえ。殿様、なんかいい餌に替えたんですかい」

小鉄は首を傾げ、竿を引き上げた。水膨《みずぶく》れになり白くなったみみずが垂れ下がっている。

「いや。餌は長屋のどぶで取れた、いつものみみずだがのう。よかったら、それがしのみみずをあげるから、おぬしも餌を替えてみたら、どうだな」

「へい。じゃあ、お言葉に甘えやす」

小鉄は釣り竿を手に文史郎の座った場所にやって来た。

「じゃ、遠慮なく、いただきやす」

小鉄は文史郎の足許の餌箱から、みみずを抜き出し、釣り針に掛けた。

「殿様も、てえへんですねえ。瓦版《かわらばん》、読みやしたぜ。忙しいんでやしょう？　釣りなんかしていていいんですかい？」

文史郎は首を傾げた。

妙なことをいう。瓦版だと？

「しかし、なぜ、余が忙しいなどと……」

「殿様、いいんですよ。隠さなくても。あっしは、何があっても、殿様の味方でやすからね」

小鉄はにやにや笑い、餌を付けた竿を持って、また元の場所に戻って行った。

文史郎は訝《いぶか》った。

それがしの味方だ？

いったい、どういうことなのだ？

文史郎は投げた釣り針に、また魚信があるのに気付いた。

竿を引き上げながら、背後に人の気配を感じた。

「ほう、また釣れましたか」

聞き覚えのない声だった。

今度は三寸（約九センチ）以上はある魚だった。大物ではないが、食して旨《うま》そうだった。

「まあまあかな」

文史郎は釣り針から魚を外し、川から魚籠を引き上げて入れた。

「ほう、大漁でござるな」

男は親しげに声をかけてきた。

文史郎が振り向くと、そこには着流し姿の浪人が立っていた。

月代《さかやき》はなく、総髪《そうはつ》に伸ばした髪の毛を無造作に頭頂で束ねて髷《まげ》にしている。着ている物は粗末だったが、身だしなみはきちんとしており、武士としての気品があった。

細面《ほそおもて》で目許が涼しく、口許がきりりと締まっており、女子《おなご》に持てそうな美丈夫《びじょうふ》だった。

肩のあたりから、かすかに剣気を放っていた。

浪人者は、あくまで丁寧《ていねい》にいった。

「つかぬことをお尋ねするが、貴殿は、長屋の殿様、若月丹波守清胤殿でござろうか?」

「さようだが」

「やはり」

浪人者の顔に緊張が走った。

「拙者《せっしゃ》、名乗るのもおこがましいが、素浪人、久坂幻次郎《くさかげんじろう》と申す。殿の御命頂戴《おいのちちょうだい》仕《つかまつ》る」

久坂幻次郎の剣気が、凄まじい殺気に一変した。久坂は大刀の鯉口《こいぐち》を切り、すらりと刀を抜いた。

「待て! なにゆえに?」

文史郎は釣り竿を上げ、相手に向けた。

大小の刀は柳の木に立てかけてある。だが、その刀を取りに行く暇《いとま》はない。下手《へた》に動けば、久坂は即座に斬りかかるだろう。

「問答無用」

久坂は青眼《せいがん》に構え、じりじりっと間合いを詰める。

「おぬし、丸腰の余を斬るというのか」

「………」

久坂の足が止まった。迷っている様子だった。

背後から小鉄の声が響いた。

「お殿様！　御加勢いたしやすぜ」

小鉄が土手から駆けて来た。小鉄は手に刀子《とうす》の抜き身を握っていた。

「小者、邪魔するな」

久坂は静かにいった。

「てやんでえ。べらぼうめ。あっしらの殿様が斬られるってえのに、黙って見ていられるけえ。おい、サンピン、おれが相手をしてやらあ」

「小鉄、ありがとう。だが、手出し無用だ」

文史郎は竿を久坂に向けたまま、じりじりと後退した。

久坂は頰を崩し、微笑《ほほえ》んだ。

「殿、お待ちする。どうぞ、刀をお取りくだされ。拙者も丸腰の殿を斬ったとなれば、後味が悪い」

「てやんでえ。そういって殿さんが隙を見せたところをばっさりやろうってんだろ」

「そんなことはせぬ。拙者も武士だ。卑怯《ひきょう》な真似はせぬ」

久坂は青眼から八相《はっそう》に構えを変えた。間合いを詰めるのをやめた。

「野郎、だまし討ちをしたら、許さねえぞ。殿様、あっしが刀を」

小鉄が柳の木に回り込み、大刀を取って、文史郎に差し出した。

「うむ。小鉄、余の竿を頼む」

「へい」

文史郎は大刀を受け取り、代わりに釣り竿を小鉄に渡した。

「小鉄、おぬしは手を出してはならぬぞ」

「でも、殿様。あっしも江戸っ子。人が斬られるのをじっと見ているわけにはいかねえ」

文史郎はにやっと笑った。

「小鉄、余が斬られるとは限らぬぞ。いいから手を出すな」

「へい」

小鉄が不満そうな声で答えた。

文史郎は腰の帯に大刀を差した。

「久坂幻次郎とやら、いま一度訊《き》く。なぜ、余を斬ろうというのだ？」

「……いいから、刀を抜け」

久坂は低い声でいった。

文史郎は鯉口を切った。

止むを得ない。降りかかる火の粉は払うしかない。

文史郎は大刀を抜いた。青眼に構える。

「久坂、訳をいえ」

「……問答無用と申したはず」

久坂は八相に構えたまま、じっと文史郎を睨《にら》んだ。

再び久坂の全身から強烈な殺気が迸《ほとばし》り出はじめた。一枚の巨大な壁になった殺気が押し寄せてくる。

出来る。

それもかなりの殺人剣だ、と文史郎は思った。

容易ならざる剣客《けんかく》だ。

もしかすると、斬られるかもしれない。

文史郎は背筋にぞくぞくする戦慄が走るのを感じた。

久坂の軀《からだ》が動いた。一瞬、刀の風を感じ、文史郎は反射的に前へ踏み込み、後《ご》の先《せん》を取って刀の切っ先を久坂に突き入れる。

久坂の刀が頬の傍を抜け、空を切った。

だが、突き入れたはずの切っ先も、虚しく空を突いていた。

久坂と文史郎は互いに飛び交い、入れ替わっていた。

再び、文史郎は久坂と相青眼で向き合っていた。

久坂の打突《だとつ》は斬り間に入ってからが異常に早い。目にも止まらずに斬りかかって来る。

かなり修行を積んだ剣だ。

これだけの腕がありながら、素浪人とは惜しい。どこかの藩に指南役《しなんやく》として召し抱えられてもおかしくない。

「おぬしの剣は何流だ？」

「……鹿島神道流《かしましんとうりゅう》。殿の剣法はなんでござるか？」

「心形刀流《しんぎょうとうりゅう》」

「やはり」

「存じておるのか？」

「少々」

また久坂が無言になった。刀を右上段八相に構え、じりじりと足を進める。

文史郎は、久坂の隙を窺《うかが》った。

隙が見当たらない。

いきなり、久坂の軀が動いた。流れるように滑らかな動きだ。刀が真っすぐに文史郎に向かって斬り下ろされる。

文史郎は躱《かわ》さず、逆に前に踏み出した。久坂の刀を刀の鎬《しのぎ》を削って受け流した。軀が入れ替わる瞬間、文史郎は先《せん》の先《せん》を取り、刀を久坂の胴に送った。刀の切っ先は久坂の着物の前を斬った。だが、肉は斬っていない。

ほとんど同時に久坂の刀が文史郎の右腕の袖《そで》を斬り裂いた。ちりりと痛みが腕に走った。

文史郎は土手の法面《のりめん》の草地に飛び移った。久坂は土手の上に立った。

土手の法面は足場が悪い。斜面は急ではないが、それでも右足と左足が段違いになる。重心移動が滑らかにはでき難くなる。

久坂も優位に立ったのを確信した様子だった。

久坂は斜め中段に、文史郎は青眼に構えて防御の姿勢になった。

もし、久坂が一気に土手の上から斬りかかれば、動きが鈍くなった文史郎は避けようがない。

「殿う、殿う！」

左衛門の声が聞こえた。

久坂がちらりと声の方角に目をやった。

川沿いの道を爺こと左衛門と、髯《ひげ》の大門甚兵衛が駆けて来る。

「殿、その立ち合い、待った待った」

大門の怒鳴るような声が響いた。

「殿、運がいい。邪魔が入りましたな」

久坂はにやりと笑い、刀を素早く鞘《さや》に戻した。

「今日のところは、御命はお預けして引き揚げまする。では、御免」

久坂はくるりと踵《きびす》を返すと、あとも見ずに、左衛門たちが来る方角と反対の方角に向かって、すたすた歩き出した。

小鉄が駆け寄り、文史郎に小刀を渡した。

文史郎は礼をいい、小刀を腰に差した。

小鉄が心配そうに文史郎を覗いた。

「殿さん、大丈夫《でえじょうぶ》ですかい？　腕から血が出てますぜ」

「うむ。これしき」

文史郎はぱっくりと口が開いた袖を見た。

気が付くと、二の腕に痛みが走った。袖を捲《まく》ると、腕に線を引いたような切り傷が走っており、血が滲《にじ》み出ていた。

左衛門と大門が、どたどたと足音を立てて、駆けつけた。

「殿、どうなさったのです？」

左衛門が息をぜいぜいいわせながら訊いた。

大門も肩で息をしながらいった。

「遠目では殿が誰かと斬り合っているように見えたのですが、いったい、どうされたというのです？」

「髯の旦那、それが、ひでえとうへんぼくでやしてね」

「小鉄、まあいい。余が話す」

文史郎は小鉄がしゃべるのを制していった。

「突然、余の命を取るという者が現れてな。少々立ち合ってしまった」

文史郎は切り傷を手で押さえた。

左衛門が目敏《めざと》く、切り裂かれた袖を見て、文史郎の腕を取った。

「殿、この傷は……？」

「大した傷ではない。怪我《けが》ともいえぬ擦り傷だ」

大門は憤慨《ふんがい》した。

「殿にこのような傷を負わせるとは、けしからん。とんでもない狼藉者《ろうぜきもの》だ」

「さ、殿。手当てをしませんと」

左衛門は懐《ふところ》から手拭いを取り出し、文史郎の傷ついた腕に巻き付け、きつく縛り上げた。

「太てえ野郎だ。殿さん、こんど野郎を見かけたら、あっしら火消し仲間で取っ捕まえて、袋叩《ふくろだた》きにしてやりますぜ」

「小鉄、ありがとう。だが、おぬしは手出しするな。あの浪人只者《ただもの》ではない。おぬしらがいくら強いとはいえ、あの侍と争えば、きっと死人が出る。いいな」

文史郎はいいながら、いまごろになって、手強《てごわ》い相手だったと冷汗をかいた。

「ところで、大門、爺、血相《けっそう》を変えて、いったい何ごとだ？」

文史郎は二人に訊いた。

「それが、殿、まずは、これをご覧いただきたいのです」

左衛門は懐から半ばはみ出ていた瓦版を取り出した。

文史郎はくしゃくしゃになった瓦版を拡げて覗き込んだ。

そこには、黒々とした大見出しが並んでいた。

『剣客相談人、長屋の殿様、大暴れ。見事、金蔵破りの盗賊一味を撃退す』

「なんだ、これは？」

「中身を読んでください。一興ですぞ」

「どれどれ？」

文史郎は本文に目を通した。

……かねて両替商飯田屋《いいだや》に用心棒として雇われていた剣客相談人こと長屋の殿様若月丹波守文史郎清胤様と、御家来衆の左衛門、大門甚兵衛の御両人は、夜中、侵入した金蔵破りの盗賊一味と合戦に至り、激戦の末、盗賊一味を追い払った……云々《うんぬん》。

そうした記述の脇に、お殿様然とした侍と、雲を衝《つ》くような黒髯の大男、それと対照的に小柄な爺らしい年寄りの三人が刀を手に、覆面姿《ふくめんすがた》の盗賊たちと大立ち回りをしている様子を描いた錦絵《にしきえ》があった。

中でも黒髯の大男は、歌舞伎役者《かぶきやくしゃ》のように、目をひん剝き、長い刀を肩に担いで、手を突き出し、大見得を切っていた。

左衛門らしい爺の姿は、頭に白鉢巻《しろはちま》きをし、黒髯の大男の隣で、やはり見得を切っている。

殿様然とした羽織袴《はおりはかま》の侍は、鉄扇《てっせん》らしいものを掲げて笑っている。

小鉄が脇から覗き込んだ。

「殿さま、これこれ、これを見たんで」

文史郎は絵を眺め、絵師はよく三人の特徴を摑《つか》んで描くものだと、感心した。

「ほほう、大門も爺も、顔といい、体付きといい、そっくりではないか」

左衛門が笑いながらいった。

「殿、なにをおっしゃる。殿の方こそ、顔つきといい、体付きといい、生き写しのようではございませぬか」

「そうかのう。あまり似ているとは思えぬが」

文史郎は顎《あご》を撫でた。大門甚兵衛は苦虫《にがむし》を嚙《か》んだような顔で文句をいった。

「それがしこそ、まったく似ていません」

「大門、おぬしは確かに似ておらぬな。絵の中の黒髯の男の方がよほど美男だし」

文史郎は笑った。

左衛門が憤然としていった。

「殿、そんな似ている似ていないといった話ではございませんぞ。いつ殿様やそれがしたちが飯田屋の用心棒を引き受けましたか？　読売りたちは、こんなでたらめな話を書いて、いったい、何を考えておるのか」

文史郎もうなずいた。

「うむ。確かにのう。だが、いいではないか。余たちが、何か悪さをしでかしたと書いたわけでもなし。草紙を売らんとして、余たちの話を書いたのだからな」

「ですが、殿、どうして、突然に、こんなでたらめを瓦版に載せたのですかな？　変だと思いませぬか」

左衛門は口を突き出していった。

いわれてみれば、確かに妙だな、と文史郎もあらためて瓦版を見た。

「ほほう。殿、今日は大漁ではござらぬか。爺さん、見てみなされ」

大門が魚籠の中を覗き込み、大声を上げた。

左衛門も魚籠に一杯になった魚を見て、目を丸くした。

「ほんとだ。殿、いったい、これはどうしたというのです？　珍しいこともあるものだ」

「爺さん、ひょっとすると、雪でも降るかもしれないぞ」

大門が天を仰いだ。

そうか。今日、こんなに釣果がいいのは、何か悪いことが起こる前兆だったのか。

文史郎は腕組をし、考え込んだ。

二

文史郎の悪い予感は半《なか》ば当たっていた。

文史郎と左衛門、大門が魚籠の魚を持って、安兵衛店《やすべえだな》の長屋へ戻ったら、隣のお福《ふく》とお米《よね》の二人が血相を変えてやって来た。

「お殿様、たいへん、たいへん」

「お留守のところへ、綺麗な娘さんが、親に連れられてやって来たんです」

大門が頰を緩めていった。

「なに、若い娘がやって来たというのか。殿、隅におけませぬな」

お福が真剣な面持ちでいった。

「それが、ただの娘さんじゃないんですよ。赤ん坊を抱いていましてね。お殿様の子供だというんです」

文史郎は左衛門と顔を見合わせた。

「余の子供と申しておったというのか?」

「はい。それは可愛い赤ん坊で、うちの餓鬼《がき》どもとは大違い」

お福は背中のぐずる赤ん坊をあやしながら溜め息をついた。

左衛門が詰問調《きつもんちょう》で訊いた。

「殿、まさか、それがしがいない間に……」

「爺、まさかも何もない。余は何も知らぬ」

「ほんと。殿は、いつの間にか、我々が知らぬ間に、女にちょっかいの手を出しているんだから」

大門は笑いながらいった。

「お福さん、その若い娘と親御さんは、どこにおるのだ？」

「しばらく待っていましたけどね。あまり帰って来る様子がないので、また来ると言い残して引き揚げて行きましたよ。ねえ、お米さん」

「そうそう。親御さんはね、お殿様に、子供を産ませた責任を取って、娘を奥方様にしてもらおうといってましたね」

「おいおい、どうなっているのだ、これは？」

文史郎は面食らった。

左衛門は眇《すがめ》で文史郎をじろりと見た。疑い深げな目だった。

「殿、ほんとに御存知ないのでござるか？」

文史郎は溜め息混じりに応えた。

「爺、おぬしは、いつも、余の傍におったろうが。爺といっしょにいないのは、大川端に出掛けて釣りをしているときぐらいだろうが」

「ひょっとして、釣りを口実にして、爺の知らぬ間に……」

大門が相槌《あいづち》を打った。

「ほんとほんと。殿は怪しい。それがしたちが寝ている夜中に密かに長屋を出て、娘の許に通うということもありうる」

「二人とも、どうして、こんな清廉潔白《せいれんけっぱく》な余を信じられぬのだ？　嘆かわしい」

文史郎は頭を振りながら、溜め息をついた。

左衛門は冷たくいった。

「殿は、日ごろから、何か隠し事をしているようで怪しいから、信じろというのが無理なこと。疑われても仕方ないでしょう」

「同感。爺さんは、さすが、側近中の側近だけあって、殿の真実を見抜いているな」

大門は嬉しそうに笑った。

お福が大門にいった。

「そうそう。昼間、大門さんのところにも、妙齢《みようれい》の女が訪ねて来てたそうだよ。そうだよねえ、お米さん」

大門が仰天《ぎょうてん》した。

「なに、拙者のところに、妙齢の女が訪ねて来ただと？」

「そう。あれは水商売の女か、どこかの枕芸者《まくらげいしゃ》だね。あたしらを見下《くだ》した態度でさ。うちらの長屋をじろじろ見回して、ま、わたしの熊《くま》さんは、こんなところに住んでいたのって。ほんと、いけすかない女だったよ」

お米が不満げに鼻を鳴らした。

大門は首を捻《ひね》った。

「熊さんだと？　拙者のことか？」

「そうでしょ。そんな黒髯を生やしているから、熊さんなんて呼ばれるんですよ」

お福が冷ややかにいった。お米が付け加えた。

「確かに髯の大門さん、といってたものね」

文史郎はにやにや笑った。

「ほほう。大門、おぬしこそ、隅におけぬではないか。その女子は、いったい、どこの誰なのだ？」

大門は目を白黒させた。

「それが見当も付かぬのです。そんな水商売や芸者と付き合うなんて暇も金も、拙者にはありもうさぬ」

「大門殿、ほんとうでござるか？」

左衛門は、こほんと咳《せき》をして、今度は大門を疑わしそうに眇で見た。

「ほんと、ほんと。ほんとだってば」

大門は慌てて両手を振った。

細小路に何人かの人の気配がした。お米とお福が振り向いた。

「夜分に御免なすって。こちらは篠塚《しのづか》左衛門様の御宅でしょうか？」

商家の番頭風の男がお米とお福に声をかけた。男の後ろに用心棒のような屈強な無《ぶ》頼漢《らいかん》二人が、少し離れて立っていた。

「はい、そうですよ」

お福はそう応えながら、左衛門を見た。

「何か、それがしが篠塚左衛門だが、何か御用かな？」

「へい。篠塚様、あっし主人から申しつかって参りましたんで。だいぶ、うちのツケが溜まって参りましたんで、そろそろお払い願えねえかと、催促に上がった次第でやす」

「何、ツケだと？」

　左衛門は目を剝いた。

「へい。お泊まり賃と御飲食代、それに芸者や女郎への花代の立て替え分、しめて百両になりますんで。そろそろ頂かないと」

「ど、どこの店だ？」

「本所《ほんじょ》の船宿芦屋《あしや》でやす」

「おぬしは？」

「芦屋の番頭の義助《ぎすけ》でやす」

「なに芦屋の番頭だと？　殿、芦屋を御存知か？」

「知らぬぞ。行ったこともない」

　文史郎も首を傾げた。番頭の義助は顔をしかめた。

「ご冗談を。こちらは、長屋のお殿様、若月丹波守清胤様の御側用人《おそばようにん》、篠塚左衛門様のお宅でやんしょう？」

「その通りだが」

　左衛門がうなずいた。

　義助は腰に吊していた大福帳を取り外し、指を舐め舐め、一丁ずつくった。

「こうして帳面にも、つけてありまさあ」

番頭はそこを開き、左衛門に突き付けた。

『二月四日、剣客相談人若月丹波守清胤様御一行様、六人様御宿泊代、御飲食代、御宴会代、芸妓花代など、計十両。

二月七日、剣客相談人若月丹波守清胤様御一行様、御宿泊代、御飲食代、芸妓花代など、計七両。……』

「こういうツケが積もり積もって百両を越えましたんで、借金返済の督促に上がった次第でやして。よろしくお願いいたします」

左衛門は頭を振った。

「爺は知りませぬぞ。殿は爺に内緒《ないしょ》で、こんな船宿に出入りしておったのですか？しかも芸者を上げて、宴会までなさっておられたとは、重ね重ね、情けない」

「爺、何をいうか。余は、そのような船宿に出入りなどしておらぬぞ。まったく身に覚えのないこと。何かの間違いだ」

文史郎は訝《いぶか》った。義助に向かって訊いた。

「番頭の義助とやら、おぬし、余に会ったことがあるか？」

「………」

義助は文史郎をじろじろと見回した。

「すんません。あっしは外回りの借金取りでやして、滅多にお座敷には上がりません。ですから、遠目でしか御殿様御一行を見てませんで」

「つまり、余に会ったことはないのだな」

番頭はうなずいた。左衛門も番頭に訊いた。

「拙者にも会った覚えはないのだろう?」

「……へい。ですが、こちらの髯のお侍さんは、遠目でもはっきりと見忘れることはありませんで」

番頭の義助は大門に頭を下げた。

「な、なんだって? 拙者には見覚えがあるだと?」

大門が驚いた。左衛門がじろりと大門を見た。

「大門殿が、誰かを殿に仕立てて、芦屋へ泊まり込み、芸者を上げての宴会をやったのでござるか?」

「とんでもない。拙者、この番頭を見たことがないし、船宿に泊まったこともない。まして、どうして、拙者が船宿で宴会を開いたり、芸者を上げたりする金を持っていようか」

左衛門は冷たくいった。

「だから、ツケになさったのでは？」

「まさか。拙者、身に覚えがないこと。何かの間違いだ」

大門は激しく頭を左右に振った。

番頭の義助は目をぱちくりさせて、大門と左衛門のやりとりを聞いていたが、やがて口を開いた。

「御殿様、篠塚様、大門様、ともあれ、どういう事情であっても、こうして大福帳にツケ金が書いてありますんで借金百両は返していただかないと困りますんで」

文史郎は顎をしゃくりながらいった。

「義助、見ての通りだ。余たちは船宿芦屋へ行ったことがない。泊まったこともない。まして芸者を上げて宴会を開いたこともない。もう一度、主人に会って、ほんとうに余たち剣客相談人の三人組が、船宿に泊まったかどうか、宴会を開いたか、調べてくれぬか」

「弱ったなあ」

番頭は後ろにいる用心棒たちを振り向いた。用心棒たちは、腕まくりをし、合図さえあれば、いつでも出てくる気配だった。

文史郎はいった。

「義助、たとえ脅されても、余たちは身に覚えのない借金など払えぬぞ。もっとも払いたくても、金もないのでな」

「参ったな。分かりやした。今日は引き揚げます。今度は、ちゃんと見覚えのある証人を連れてめえりやす」

義助は大福帳を大事そうに腰に吊し直した。

「では、御免なすって」

義助は用心棒たちに合図し、踵を返すと、細小路に消えていった。

「爺、どうもおかしいな。余たちのほかにも、剣客相談人を名乗る長屋の殿様がおるというのであろうか？」

文史郎は訝った。左衛門がまだ釈然としない顔で文史郎や大門を見た。

「まさか。そのようなことはありますまい。お二人で爺を担ごうとしてなさるのでは？」

「いや、爺さん、拙者は、そんなことはしない。殿だとて、爺さんを担ぐような真似は……」

「しない、しない。なぜ、爺をからかうようなことができようか」

文史郎は大真面目で応えた。

お福とお米は顔を見合わせた。

「ほんと、どうなっているんかねえ」

「まったくねえ」

消えた義助たちと入れ違うように、細小路に急いでやって来る足音が響いた。

ほどなく、呉服屋清藤《きよふじ》の主人で、口入れ屋も兼業している権兵衛《ごんべえ》があたふたとやって来るのが見えた。

今日は、なんという日なのだ？

文史郎はぼやいた。

次から次に妙なことが身に降りかかって来るのはどういうことだ？

そもそも魚が異常に釣れたことからして、おかしかったのだ。

「ああ、殿様、左衛門様、大門様も、ちょうどよかった、皆さんお揃いで」

「いったい、どうした？　権兵衛殿、そんな血相を変えて、何ごとかな？」

権兵衛は長屋に入ってくると、上がり框《かまち》にへなへなと座り込んだ。

「殿様、左衛門様、いったい、どういうご了見《りようけん》でございますか？　私という者がおりますのに」

「権兵衛、いったい、どういうことだ？」

文史郎は訝った。

「私という専属の口入れ屋がいるというのに、どうして、ほかの口入れ屋の仕事をおやりになるのです？」

「なに？」

文史郎は左衛門、大門と顔を見合わせた。

「左衛門様も左衛門様だ。よりによって、商売敵《がたき》の口入れ屋、小泉屋《こいずみや》の仕事を引き受けるなんて」

「小泉屋の仕事をだと？　小泉屋の名は聞いて知っているが、なぜ、余たちと関わりがあるというのだ？」

「存じてますよ。私に内緒で、用心棒の仕事など引き受けなさって」

権兵衛は懐から四つに折り畳んだ瓦版を取り出し、文史郎の前に掲げた。

先ほど、左衛門と大門が見せてくれた瓦版だった。

左衛門が困った顔でいった。

「あ、それか。権兵衛殿も読まれたか」

「読みました。なんです、うちとは別の仕事だというのに、瓦版屋に、こんな派手に取り上げられるようなことをなさって」

「それは誤解だ」

大門は急いで否定した。

「大門様も大門様です。歌舞伎役者みたいに、大見得を切って、さぞかし気持ちがよかったことでしょうよ」

「ちょっと待て。権兵衛、これは、わしらではない。わしらも、これを見て、仰天しておったところだ」

文史郎は、先刻の皺《しわ》くしゃになった瓦版を取り出し、権兵衛に突き出した。

「でも、ここには、剣客相談人、長屋の殿様若月丹波守清胤様こと文史郎様、御家来衆の篠塚左衛門様、大門甚兵衛様の三人組と書いてあるではありませぬか」

権兵衛は怪訝《けげん》な顔をした。

文史郎はいった。

「ここにあるのは、わしらではない。でっちあげだ」

左衛門もいった。

「そうそう。殿がおっしゃるように、瓦版屋が面白可笑《おもしろおか》しく、あることないことを書き飛ばしたのですぞ」

「拙者のことを、こんな見得を切らせて、なんという扱いだ、と怒っていたところだ」

大門も付け加えた。

権兵衛は訝しげに文史郎や左衛門、大門を見回した。

「では、ほんとに、こんな用心棒は引き受けておられなかったというのですか？」

文史郎はうなずいた。

「当然だ。わしらは、権兵衛、おぬしの紹介する仕事しか引き受けぬ。剣客相談人は、おぬしが付けてくれた名だからな」

「しかり」と大門。

左衛門も苦々しくいった。

「瓦版屋は、いったい、どうして、こんなでたらめを書いたのか？　殿をはじめ、われらは大いに迷惑しておる」

「おかしいな。殿様、それはほんとうですか？」

権兵衛は首を捻った。

「何がおかしいのだ？」

「この瓦版に書いてあることは、大げさになってはいますが、実際に起こったことですよ。だから、驚いて、私はここへ飛んできたんです」

「なに？　これがほんとうのことだと？」

文史郎は左衛門や大門と顔を見合わせた。

「はい。この金蔵破りの一団に襲われたのは、両替屋の飯田屋さんで、一昨日の夜のことです。飯田屋さんには、前々から脅迫の文が渡されていて、店を襲われたくなかったら、千両を寄越せと脅されていた」

「ほほう？」

「そこで、口入れ屋の小泉屋の口利きで、用心棒として雇われたのが、剣客相談人の若月丹波守清胤様たち三人で……」

「わしらは雇われておらぬぞ」

文史郎は釘を刺した。

「そうですよねえ。ともかく、飯田屋さんは、脅しに屈せず、剣客相談人に用心棒を頼んだ。そうとは知らぬ強盗団が、一昨日の夜中に店を襲撃したところ、剣客相談人たちが見事撃退したというのです。それで、長屋の殿様と御家来衆の三人組の評判が上がった」

文史郎は首を傾げた。

「ほほう。ほんとうのことなのか。では、わしらではない、この三人組は何者なのだ？」

左衛門は憤然としていった。

「殿、われわれの名を騙《かた》った偽者ということですぞ。けしからん」

「爺、われわれの偽者が、強盗団を撃退したというのか。偽者にしては、やるのお」

文史郎は感心した。大門が横から口を挟んだ。

「殿、そんな悠長なことをいってはおれませぬぞ。これで、なんとなく事態が飲み込めたですぞ」

「どういうことだ？」

「殿が若い娘に産ませたという赤ん坊、あれも偽者の殿の仕業《しわざ》でしょう。拙者を訪ねてきたという妙齢の女も、きっと拙者の偽者がちょっかいを出した相手に違いない」

「なるほど。そうか。船宿芦屋のツケ百両も、我らの名を騙った偽者三人組が飲み食いした借金なのか」

左衛門が得心したようにいった。

権兵衛は驚いた。

「なになに、皆さんの身に、そんなことが起こっていたのですか？　それはけしからぬこと」

左衛門が文史郎に向き直り、息巻いた。

「殿、もし、偽殿たちが、われわれの名を騙っているのなら、迷惑千万。大至急にやつらをとっ捕まえて、懲《こ》らしめねばなりますまい」

「うむ。そうだのう」

文史郎は腕組をして考え込んだ。

大門もいった。

「そうですぞ、これから、偽殿たちが、何をしでかすか分からない。いまのうちに偽者を退治しておかねばなりますまい」

権兵衛も嬉しそうにいった。

「そうです、殿様、偽者が本物よりも有名になってしまっては、口入れ屋の私も商売上がったりです。どうか、早めに偽殿たちを成敗《せいばい》してください」

文史郎は三人の話を聞きながら、偽者たちは、いったい何者なのか、と考え込んだ。

三

文史郎や左衛門の話を聞いた南町奉行所定廻《じょうまわ》り同心小島啓伍《こじまけいご》は、驚いた顔でいった。

「てっきり、文史郎様たちが金蔵破りを撃退したとばかり思っていました。なんと、偽者だというのですか」

「そうなのだ。八丁堀《はっちょうぼり》、どうだ、偽殿たちの身許を調べてくれぬかのう？」

文史郎は訊いた。

「分かりました。何者なのか、大至急、小泉屋にあたって調べてみましょう。で、文史郎様たちは、いかがいたしますか？」

左衛門は文史郎の代わりにいった。

「当然、われわれは偽殿を捜し出し、とっちめてやろうと思っておりますぞ」

大門も憤然としていった。

「幸い、偽者たちは、迷惑千万なことに、あちらこちらに被害を与えている。それを辿《たど》っていけば、やがて偽者たちに辿り着くであろう。それに本物はこちらだと、被害者たちに知らせていかねば、われらの評判は地に墜《お》ちているだろうからな」

小島啓伍は、偽者三人組が歌舞伎役者まがいに見得を切っている瓦版の錦絵を見ながらいった。

「それにしても、偽者たちも大胆不敵《だいたんふてき》ですなあ。いつか、ばれてしまうのが分かっているのに、こうも派手な活躍をするとはねえ」

「ま、わしらの名を騙って、悪いことをしたわけではないから、まあ許せるような気もするが」

文史郎は腕組をして頭を振った。

左衛門が憤然とした口調でいった。

「殿、そんな悠長なことをいっているから、殿の偽者が横行するのですぞ。すでに偽者は悪いことをしているではありませんか。殿の名を騙って、いたいけな生娘《きむすめ》に赤ん坊を産ませるなんて、もし、これが在所におられる萩《はぎ》の方《かた》様や如月《きさらぎ》様に知れたら、いかが弁明なさるおつもりですか。それがしは知りませんよ」

文史郎は顔をしかめた。

萩の方は、きっと激怒して、文史郎の言い訳にいっさい耳を傾けまい。

いや、激怒しなくても、「まだまだお浮気の虫が収まらないのですねえ」と皮肉たっぷりにいい、今後、在所には出入り禁止になるやもしれぬ。

それはいいとしても、側室の如月が問題だ。如月もきっと誤解して泣き崩れ、娘の弥生《やよい》を連れて出奔《しゅっぽん》するかもしれない。

それでなくても、最近、如月とは文も交わさず、ご無沙汰《ぶさた》している。

参った参った、と文史郎は心底思った。

「そうだのう。偽者はけしからんやつだ」

「そうです。殿がお怒りにならねば、拙者たちはいかんともしがたいのですからな」

左衛門はうなずいた。

文史郎は話の矛先《ほこさき》をほかに向けた。

「ところで八丁堀、両替屋の飯田屋に押し込んだ盗賊だが、捕まったのかのう？」

「いえ。剣客相談人たちは、押し込み強盗たちを撃退しただけで……」

「八丁堀」

左衛門がじろりと小島を睨んだ。

小島は慌てて訂正して続けた。

「いや、偽剣客相談人たちでしたな。彼らは用心棒ですから、押し込みを防いだだけで、捕まえるようなことはしなかった。飯田屋も、それで十分と思っていましてね。

下手《へた》に押し込み強盗を斬ったり、捕まえて獄に送ったりして、強盗の仲間に逆恨みされるのも困るといってましたな」

「ふうむ。では、押し込み強盗たちは、町方にも捕まらず、野放しになっておるのだな」

「そういうことです」

「飯田屋は、押し込み強盗たちから、予《あらかじ》め千両を寄越せと脅迫されていたと聞いたが、どういう事情があってのことかな？」

小島は首を傾げた。

「それは分かりません。飯田屋から奉行所になんの訴えも出てませんので、こちらも調べようがないのです」

文史郎はいった。

「しかし、おかしいと思わぬか。用心棒を雇う前に、奉行所に脅されていると訴えるのが普通だと思うのだがのう」

「確かに。しかし、それがしたち町方も、実際に店が襲われたりしない限り動きませんからね。飯田屋もそうと知っているので、はじめから、町方をあてにしていなかったのではないですかね」

小島は頭を振った。

文史郎は唸った。

「なるほどのう。町方は事件が起こらねば、動かぬか」

「なにせ、広い八百八町を、十二人しかいない我ら定廻り同心で取り締まれといわれても、無理というものです。だから、殿様のような剣客相談人の出番もあるというもので」

小島は、違いますか、と文史郎を見た。

「確かに」

「殿、だから、偽剣客相談人の横行は困りものなんですよ。剣客相談人の信用にも関わるのですからな」

左衛門が厳しい表情でいった。

「同感、同感」

大門が頬髯《ほおひげ》を撫でながらうなずいた。

文史郎は腕組をした。

「これから、どうするかのう」

「まずは、飯田屋でしょう。飯田屋へ乗り込み、偽殿への面会をする。こちらが本物であることをいえば、向こうは恐れ入って、ほうほうの体《てい》で逃げ出すに決まってます」

左衛門は確信ありげにいった。

四

両替屋飯田屋は日本橋《にほんばし》の近くにあった。

飯田屋は、旗本御家人や地方大藩、呉服店や油屋など大手の商家を相手にしての金貸し商売で繁盛していた。

店先は、武家や商家の奉公人が大勢押しかけ、番頭たちが忙しく立ち働いている。

文史郎は左衛門と大門を従え、店先に立った。

左衛門が出迎えた番頭に、来意を告げ、主人の飯田屋唯衛門《ゆいえもん》との面会を求めた。

番頭は少し怪訝な顔をしたが、「少々、お待ちを」と言い残して、奥へ消えた。

文史郎は上がり框に腰を下ろし、手代が運んできた茶を啜《すす》った。左衛門も大門も落ち着かぬ様子だった。

やがて、先ほどの番頭が戻って来て、慇懃《いんぎん》無礼《ぶれい》な態度でいった。

「ただいま、私どもの主人唯衛門は来客中で、お会いできません。私に御用件を伺っておくように、と申しつかりましたので、ぜひとも御用件をお聞かせくださいませ」

文史郎は左衛門と顔を見合わせた。

「いかがいたそうかのう」

「それがしに、お任せください」

左衛門はいささかむっとした顔になったが、怒りを抑えて、番頭にいった。

「こちらのお店には用心棒として、剣客相談人、長屋の殿様若月丹波守清胤様をお雇いとの由、ぜひとも若月丹波守清胤様にお目通り願えませんでしょうか」

「……そうでございますか。生憎《あいにく》、剣客相談人の若月丹波守清胤様と御家来衆は、私どもの店にはおりません」

「では、どちらへお出かけかな？」

「先日、うちでの押し込み強盗を撃退なさってから、すこぶる評判がよろしく、若月丹波守清胤様たち剣客相談人は、いろいろな商家から引っ張り凧《だこ》でございまして、いまもどちらかのお店に御出でになられておられるかと思います」

「引っ張り凧になっていると？」

左衛門は文史郎と顔を見合わせた。

番頭は破顔していった。

「はい。それはもう、たいへんなものでございます。剣客相談人長屋の殿様が店に居られる、というだけで、これまで無理難題をいって凄んでいたやくざ者や無頼の浪人は、こそこそと尻尾《しっぽ》を巻いて引き揚げていくそうでございますよ」

「ほほう。そんなに強いのか」

文史郎は、偽者の評判とはいえ、少しばかり嬉しくもあり、複雑な思いに駆られた。

大門はしきりに首筋を掻《か》いている。左衛門も苦虫を嚙んだような顔をしていた。

「強いのなんの、それはもう、たいへんなものでした。うちの店に押し込んで来た強盗どもを、お殿様をはじめ御家来衆は、たった三人なのに、大勢の賊を、あっという間に叩きのめし、店から叩き出してしまいました。それ以来、押し込み強盗は懲りたらしく、脅しの文も寄越さなくなりましたからね」

「ほう。それはよかった」

「このごろ、どのお店にも、なんやかんや因縁《いんねん》をつけて、金をせびる手合いが参りますのですが、店先に『剣客相談人御立寄所』という貼り紙を出しておくと、ぴたりと来なくなる、ということですから」

「ほほう。厄払いの札みたいだのう」

「はい。うちも、それを聞いて、小泉屋さんから、その御札を買って、店先に掲げるようにしています」

「どれ、どこに？」

文史郎は尋ねた。番頭は店先の柱を指差した。

「あれ、あそこに、貼ってございますでしょう？」

店に入ってすぐの太い柱に『剣客相談人御立寄所』と大書された札が一枚貼られてあった。札には麗々《れいれい》しく赤い落款《らっかん》が捺《お》されている。

「でも、いくら『剣客相談人御立寄所』とあっても、あの落款がないと、正式の札ではないので、まったく厄払いにはならないのでございますよ」

「ほほう。そんなに厄払いの効験《こうげん》があるというのか？」

「はい。それはもう、効験あらたかでして、余所《よそ》の店では、あの札を出しておくと、やくざ者や無頼の浪人はぴたりと来なくなったそうです」

「あの札は、小泉屋が売っているというのか？」

「はい。でも、小泉屋さんによると、札は売り物ではなく、あくまで剣客相談人の若月丹波守清胤様が特別にお許しになった店にだけ貼ることができるもので、それには、相応の寄付をなさらないと、出していただけないのです。うちなんかは、特別に目をかけていただき、ほかの商家よりもだいぶお安く分けていただいておりますが」

「しかし、商売人よのう、その若月丹波守清胤と名乗る御仁は」

「とんでもない、若月丹波守清胤様は商売人ではありません。長屋の殿様と自称されていますが、もともと歴《れっき》とした本物のお殿様ですからね」

「うむ。その通りだ」

文史郎はうなずいた。番頭は続けた。

「故あって若隠居となり、江戸の長屋に住まい、世のため人のため、働こうという聖人のようなお方ですよ。金儲けの商売人などではありません」

「うんうん、まったくその通りだ」

文史郎は、自分のことをいわれているようで、面映《おもは》ゆかった。

「あまり、剣客相談人、長屋の殿様の評判がいいので、剣客相談人、長屋の殿様を騙る偽殿様まで出ているそうですからね。しかも、御家来衆そっくりに髯を生やした侍と、側用人風の老侍を連れて。あなたたちのように」

「さようか。そのような偽者も出たか」

文史郎は居心地が悪くなり、尻をもぞもぞさせた。

番頭はじろりと左衛門と大門を見回した。

「まさか、あなたたちは、そんなことを言い出さないでしょうね」

「拙者たちがか？　まさか、そのようなことはいわぬ。な、爺」

文史郎は左衛門と顔を見合わせた。

左衛門は顔を強ばらせた。

「殿、なにを申される」

「分かった、爺、ここでは何もいうな。余に考えがある」

「しかし……」

「しかしも、何もない。ここは余に任せよ。いいな」

「…………」

左衛門はしぶしぶ黙った。

大門はにやにやしながら、頭をぼりぼり掻いている。

「ところで、御武家様の御用件は、なんでございますか？　それを伺っておきませぬと」

「いや、その、なんだ。……の若月丹波守清胤様に一目お会いしたい、と思うて、やって来たわけだ」

文史郎は「偽の」というのを、誤魔化《ごまか》していった。

「では、うちの主人への用事ではないのでございますな」

「まあ、そういうことだ。剣客相談人たちは、この店にはおらぬ、というわけだな」

「はい。きっと、ほかの店にお出かけになっておられると思いますよ。若月丹波守清胤様にお会いしたいなら、口入れ屋の小泉屋さんに問い合わせたらよろしいかと思いますが」

「そうか。小泉屋にか」

「ところで、御武家様のお名前を伺うのを忘れておりました。たいへん失礼いたしましたが、主人に申し上げねばなりません。お名前をお教え願えませんか」

「まあ、名乗るほどの名ではないが、余は、いや拙者は文史郎、大館文史郎と申す。飯田屋唯衛門殿に、よろしく、お伝えくだされ」

「はい。大館文史郎様にございますね。一応、主人に伝えておきます」

番頭は笑顔で頭を下げた。

「番頭、この方こそ……」

左衛門が前に出た。文史郎は手で左衛門の口を抑えた。

「何か」番頭は怪訝な顔をした。

「いやなんでもない。失礼仕った。では、これにて御免」

文史郎は左衛門を摑み、店から出るように促した。

「殿、このままでは……いくらなんでも」

左衛門は抗《あらが》った。

大門も頭を掻きながらいった。

「そうですよ、殿、ちゃんといわないと……」

「いいから、いいから。二人ともここを出よう」

文史郎は左衛門と大門を無理遣《や》り、店の外へ押し出した。

五

「いやあ、参った参った」

文史郎は店の外に出ると、乱れた襟元《えりもと》を引っ張って伸ばした。

左衛門が口を尖《とが》らせた。

「殿、あれでは、まるで、それがしたちが、偽者の剣客相談人、長屋の殿様みたいではないですか」

「ほんと。拙者は本物なのに、別の自分がいて、肝心の自分は偽者になった気分だった」

大門もぼやいた。

「そうなんだ。余も、まるで偽殿であるかのように思ってな、我らが本物だと言い張れなくなってしまったのだ」

「やっぱり、そうでしたか。爺も話しているうちに、そんな気分になってしまった」

左衛門が頭を振った。

「偽者の剣客相談人の方が、売れっ子になっているのは、妙な気分だのう」

「まったく」大門が相槌を打った。

「どうしてくれますかね」

左衛門は文史郎に訊いた。

文史郎は唸った。

「こうなったら、小泉屋に会い、面と向かって、拙者たちこそ本物の長屋の殿様、剣客相談人だ、偽者と対決させろ、と直談判《じかだんぱん》するしかあるまい」

「そうしましょう」

左衛門はうなずいた。

文史郎は、左衛門と大門と肩を並べて歩き出した。

「爺、その小泉屋は、どこに行けば会えるのだ？」

「清藤の権兵衛殿が、同業者の小泉屋については知っていると思いますよ」

左衛門は応えた。

大門が腹を抑えていった。

「ところで、殿、腹が空きませんかな？　今朝《けさ》から何も食べていない」

「うむ、そうだな」

文史郎は、いわれてみると、腹の虫がぐうぐう言い出すのを感じた。

文史郎たちが安兵衛店に戻ると、思わぬ騒ぎが起こっていた。

表の木戸に集まって話していたおかみさんたちは、文史郎たちの姿を見ると駆け寄った。

「お殿様、たいへんたいへん」

「どうした？」

お福がみんなを代表していった。

「お殿様の長屋へ、借金取りが大勢押しかけて来て居座っているんですよ」

「ん？　なに、借金取りだと。昨日の船宿の番頭ではないのか？」

「いえ、違う違う。今日は大勢押しかけているんだから」

「爺、いったい、どうなっておるのだ？」

「さあ。それがしにもさっぱり分かりません」

左衛門は首を傾げた。

文史郎はお福たちに訊いた。

「借金取りとやらは、どんな連中だ？」

お福がいった。

「それが、呉服屋の越後屋《えちごや》さんから、米屋、味噌屋《みそや》、油屋、八百屋《やおや》、酒屋、建具屋などの取り立て人ですよ」

お米が付け加えるようにいった。

「なかには、見るからにやくざ者もいましたよ。賭場《とば》の借金を返してもらうと息巻いてましたからね」

「なんだって？」

文史郎は驚いた。

ともあれ、長屋へ行ってみなければ、何が起こっているのか、分からない。

文史郎の長屋には大勢の借金取りが、大福帳片手に詰めかけて騒いでいた。

借金取り立ての順番を決めようと、みんなで争っていた。

文史郎たちが長屋に入って行くと、一瞬みんなは静かになった。

文史郎は借金取りたちの真ん中に割り込み、大声でいった。

「拙者が、剣客相談人、長屋の殿様若月丹波守清胤改め大館文史郎だが、おぬしら、何をしに参ったのだ？」

みんなは、文史郎と左衛門、大門を取り囲み、じろじろと眺め回した。

「借金を返してもらおうか」

やくざ風の取り立て人がいった。

それを合図にしたかのように、借金取りたちは一斉に、「金返せ」「溜まった借金を返してもらおうか」「借金の元本と利子を払え」「金を返してくれ」と叫びながら、文史郎たちに摑みかかった。

「待て待て。分かった分かった」「いいから、離せ」「痛い痛い。足を踏むな。首を絞めるな」

文史郎は揉みくしゃになりながら、大声でみんなを宥《なだ》めた。大門も左衛門も大声でみんなを諭した。

「一人ずつ順番に聞こう」

「みんな一遍に騒いだら、何も分からないではないか」

「落ち着け落ち着け。それがしたちは逃げも隠れもしない」

ようやく騒ぎが静まり、みんなは落ち着きを取り戻した。

「まあ、座れ座れ」

左衛門と大門が、借金取りを、その場に座らせた。

頃合を見計らい、文史郎がみんなの前に立った。

「ようく、見てくれ。余が、長屋の殿様こと剣客相談人の若月丹波守清胤改め大館文史郎だ。おぬしら、余に見覚えあるのか？」

みんなは静まり返った。

「ないだろう？　おぬしらが貸し付けた相手は、偽の剣客相談人若月丹波守清胤だ。本物の余ではないぞ」

みんなは身じろぎもしない。

「ここに、余といっしょにいるのが、本物の爺の左衛門、それに本物の大門甚兵衛だ。みんな、ほんとうにおぬしらは、わしらに金を貸し付けたというのか？」

年寄りの取り立て人が唸るようにいった。

「ううむ。殿様は少し似ているが、やっぱ違うな。私が貸した殿様は、もっと若くて美男子だった」

「ちょっと待て。偽者の殿は、本物の余よりも若くて美男だというのか」

文史郎はいささか傷ついた。

「ほんとだ。それに、あっしが会った髯男は、もっと厳《いか》つく、熊のようにでかかった」

「熊のようだと？」

大門は訝った。

「そう。もっそりしていて、たっぱもあり、腕も強そうだった。熊の大門に、あっしは三両も用立てた。あんたが本物の大門というわけか。信じられんな」

尻端折《はしょ》りをしたやくざ風の町人は怪訝な顔をした。

どこかの呉服店の手代がいった。

「そっちの爺さんも、歳格好は似ているが、私が反物をお渡しした人とは別人ですな。あちらの左衛門さんの方が、いかにも側用人風で、威厳がありました」

「な、なんと、偽者の方が本物らしいというのか」

左衛門も傷ついた様子だった。

番頭らしい年配の男が疑わしそうな目付きでいった。

「あらためてお尋ねします。あなたたち、ほんとうに本物の長屋の殿様なのですかな」

「そうだそうだ」

「偽者だったら、奉行所へ訴えるぞ」

みんなは口々に叫んだ。

「皆の衆、静かに」

番頭は手を上げて制した。

「さあ、お答え願います」

「ほ、本物に決まっておろうが」

文史郎は思わぬ問いにどぎまぎして応えた。

「殿に向かって、無礼であろう」

左衛門が気色《けしき》ばんで番頭の前に進み出た。

「ならば、その証拠を見せてくださいませ」

番頭は言葉こそやさしいが、嘘は許さないという鋭い目付きで文史郎を睨んだ。

「証拠だと?」

文史郎は左衛門と顔を見合わせた。

証拠を見せろといわれても、いまは若隠居の身である。那須川《なすがわ》藩の江戸屋敷にでも行かねば、かつて藩主だったことを示す文書などはない。

「証拠を示せといわれてものう」

文史郎は弱った。左衛門も戸惑っている。

自分が、若月丹波守清胤であることを証拠立てるものなど、何もない。自分が若月丹波守清胤であると名乗っているにすぎないといわれれば、その通りだった。

「どんな証拠を見せろというのだ？」

「そうれ、見なさい。殿様である証拠をお持ちでないなら、やはり、あなたたちが偽者ではないですか」

番頭は勝ち誇った顔で宣言した。

「そうだ。偽者はおまえらだ」

「なんてこった、偽者をいくら追求しても、金は返って来ない」

「どうしてくれようか」

「こいつらに支払わせることはできませんな」

「困った。この偽者たちは、本物とぐるなのではないですかな」

「なるほど。そうかもしれませんな」

借金取りたちは口々に言い合った。

「だったら、こいつらを締め上げて、有金全部を取り上げようぜ」

やくざたちが色めき腕を捲った。

大門が大音声《だいおんじよう》で両手を広げ、借金取りたちの前に立った。

「なにをおぬしら、血迷っておるのだ。おぬしらが金を貸したのは、ここにおられる殿様ではない、と分かったのだろうが」

「そうだ。その通り」

文史郎は大きくうなずいた。さすが大門はいいことをいう。

はたして借金取りたちは、なるほど、という顔になった。

「この殿が本物か偽者かは、いま問題ではなかろう。おぬしらを騙した本物の長屋の殿様を捜して、取り立てればよろしい」

「それは、そうですな。皆の衆、こちらの髯のおサムライがいう通りですぞ。偽者から借金を取り立てることはできませんな」

番頭が相槌を打った。大門が調子に乗っていった。

「おぬしらの借金については、こちらの偽の殿様はなんの責任もなかろうが」

「ちょっと待て、大門。聞いておればいいことに、余が偽者だというのか」

文史郎は大門にいった。左衛門は呆れた顔で大門を見た。

「殿を偽者だなどと、どういう了見です、大門殿」

大門は文史郎と左衛門を両手で制した。

「殿も爺さんも、まあ、ここはしばし、我慢なさってくだされ」

番頭たちはぞろぞろと引き揚げはじめた。

「しょうがねえ。いつまでも偽者相手にしていては仕方がねえ。時間の無駄だ」

「ほんとほんと。すぐにでも、本物の殿様を捜さねばな」

「奉行所にでも行って、相談しますか」

「そうですねえ。まさか、偽者が横行するなんてねえ」

「偽殿が幅をきかせるなんて、ほんとにとんでもない世の中になりましたなあ」

「ち、人騒がせな偽殿だぜ」

借金取りたちは文句を言い合いながら、ぞろぞろと長屋から出て行く。

細小路から借金取りの姿が消えると、大門はさばさばした顔で両手を叩いた。

「さあ、これでとりあえず、借金取りを追い返すことができましたな。よかったよかった」

「大門、何がよかったよかっただ。いったい、どういうことだ。余を偽者扱いいたして」

文史郎は腹を立てた。

大門は笑った。

「殿、あれも煩《うるさ》い借金取りを追い返す方便《ほうべん》でござる。嘘も方便。それとも、殿、本物として責任を感じ、偽殿の借金もお払いしようなどとお考えか？」

「そんな愚かなことはせぬ」

「でしょう？　偽者が背負った借金は、当然のこと偽者が返さねばいかんでしょう。殿には関係のないこと」

大門はにっと屈託ない笑顔を浮かべた。

「それはそうだが」

文史郎はなんとなく割り切れない思いでうなずいた。

左衛門が渋い顔でいった。

「それにしても、殿、困ったものですな。本物である殿が、偽者になりかねないというのは」

「うむ」

「なんとかせねばなりませんぞ。殿の名誉にも関わる大問題でござろう」

「それはそうだがのう……」

文史郎は、左衛門から殿の名誉に関わるといわれても、あまりぴんと来なかった。

長屋の殿様などといわれて、いい気持ちになっているのが悪い。

左衛門は文史郎をたしなめた。

「殿、名前を騙られたのですからな。怒らねばいけませんぞ」

「そうだのう」

文史郎は腕組をした。

怒るよりも先に、名前を騙った偽者は、どんな連中なのか、興味があった。どんな男が、若月丹波守清胤を名乗っているのか、一度会ってみたいものだ、と思った。

大門が脇から口を出した。

「偽者が出たからといって、それほど実害はなさそうですからなあ」

「そうはいっても、大門殿」

左衛門はいいかけ、言葉を飲んだ。

長屋の戸口から妙齢の女が覗き、顔をほころばせた。

「御免あそばせ」

女は入口に立っていたお福とお米を押し退け、部屋の中に足を踏み入れた。

「お邪魔します。こちらに大門様が、いらっしゃるそうで」

島田《しまだ》に結った髪に、銀の簪《かんざし》を刺し、粋《いき》な大島紬《おおしまつむぎ》の小袖を着た女だった。艶っぽい柳腰をしている。

大門は振り向いた。

「おう。それがしが大門だが」

「え、あなたが大門様ですって？」

女は大門をまじまじと見つめた。そして、ぷっと吹き出した。

「まさかあ」

「なに？」

大門は面食らった。

「あらあら、あたしの熊さん、どこに隠れているの？　照れないで出てらっしゃい。あなたのうさぎさんが会いに来ましたよ」

女は科《しな》を作りながら、狭い部屋の中をじろじろと見回した。

あたしの熊さん？

あなたのうさぎさん？

文史郎は左衛門と顔を見合わせた。

女は大門の軀を押し退け、土間に入って来た。部屋の中を覗き、首を傾げた。

大門が頰髯を撫でながら、猫撫《ねこな》で声でいった。

「娘御、なにをふざけておる。拙者が大門だというのに」

「……あんたが、あたしの熊さんですって！　とんでもない。あたしの熊さんは、もっともっと可愛いお髯のサムライですようだ」

うさぎは大門に口を突き出して、イーという顔をした。

「な、なに？　拙者よりも可愛いだと？」

大門はたじろいだ。

文史郎はうさぎに話しかけた。

「うさぎとやらの娘さん、おぬし、いったい誰を捜しておるのだ？」

「あたしの熊さん、大門甚兵衛様ですよ」

左衛門が大門を押し出した。

「この男が正真正銘の大門甚兵衛だが」

「まさかあ。あたしをからかわないで。もし、お殿様か、左衛門様がいれば、こんな男が大門ではない、といってくれるのに。ね、殿様と爺様は、どこにいるというの？」

うさぎはきょろきょろ見回した。

左衛門が女の前に立った。

「娘御、こちらがお殿様だ。そして、爺が、もとい、それがしが左衛門だ」

「あんたが左衛門さん？　で、こっちの人がお殿様ですって。まさかあ。あなたたち、あたしを担ごうなんて嫌ですよう」

うさぎは文史郎と左衛門をまじまじと見て、袖を口許にあてて笑った。

また妙な女が登場したものだな、と文史郎は思った。

「爺……」「殿……」

文史郎は左衛門と顔を見合わせた。

うさぎは長屋の戸口から外に顔を出した。

「お殿様、左衛門様、いったい、どこに隠れているんですかあ。早百合《さゆり》ですよう。早百合が来ましたよう」

「…………」

お福とお米が目をぱちくりさせて、女を見守っていた。

「娘さん、ほんとだよ。あんた、偽者の大門さんや偽殿様、偽左衛門様に騙されているんだよ」

「へえ？　あんたたちまで、ぐるになって、あたしを誤魔化そうと思っているんだね。承知しないよ」

早百合は目を剝いてお福とお米を睨んだ。

文史郎は立ち上がり、早百合の前に立った。

「娘御、ほんとうの話だ。どうやら、おぬしは、わしらの偽者たちに会って、騙されたのだ」

「ええ？　あなたたちの偽者に、あたしが騙されたっていうの？」

「うむ。遺憾《いかん》ながら、そうらしいな」

「あたしの熊さんも偽者なの？」

早百合は大門の顔をじろじろ見回し、頰髯を撫でた。

大門は鼻の下を伸ばして、にやついた。

「娘御、拙者が本物の大門だ。偽者に、何か騙され、金でも盗まれたか？」

「まあ、人聞きの悪い。あたしは、騙されませんでしたよ。反対に熊さんに、たくさんお金を頂いたんだから」

早百合は、いきなり大門の髯を引っ張った。

「痛ッ」

大門は飛び上がった。

「あら、本物の髯ねえ。付け髯かと思った」

早百合はくすくすと笑った。

大門は頬をさすりながら訊いた。

「娘御、おぬしと、その偽の大門とは、どういう間柄だというのだ？」

「……やですよ。女のあたしに、そんなことをいわせようっていうんですか？」

早百合はほんのりと頬を染め、はにかんだ。

戸口から覗いていたお福とお米が顔を見合わせた。

文史郎が、あらためて早百合に尋ねた。

「早百合とやら、おぬし、その熊さんと、どこで会ったのだね？」

「初めて大門様にお会いしたのは、あたしが水茶屋玉屋《たまや》で仲居をしているときでした。剣客相談人のお殿様に御供して、玉屋へ御出でになり、そこで、あたしを見初《みそ》めてくれたんですよ」

「玉屋というのは、どこにあるのだ？」

「上野《うえの》の不忍池《しのばずのいけ》の中島にある店ですよ」

左衛門が文史郎にいった。

「殿、確かに、そんな名の水茶屋がありますぞ。行ったことはないですが」

「ほう、そうか。で、娘御、どうした？」

「はい。大門様が、あたしを身請《みう》けしたいと店主におっしゃって、ぽんと百両も出してくれて」

「なに、ぽんと百両も出したというのか」

「はい。でも、あたしは、別にその水茶屋にお金で縛られているわけではないので、と申し上げたら、いいから、黙って取っておけと。それで、あたし貰っちゃったんです」

「気前がいい男だのう」

「ええ。それで、熊さんはあたしにいうんです。拙者が熊なら、おぬしは可愛いうさぎだ」

「ほうほう」

「うさぎ、おぬしは、そのお金で店を辞め、わしといっしょに暮らそうと。で、あたしは、もちろん、はい、熊さんとなら、どこまでもって」

うさぎと熊か。いい取り合わせだな。

文史郎はにやりと笑った。

「大門、おぬしも、その熊さんに見習わねばならんな」

「しかし、殿、それがしだとて、そのくらいの金があれば……」

大門が困惑した顔になった。

「それで、本所《ほんじょ》に、いいお家を見付けたんで、熊さんにお話しようとしたんですけど、どういうわけか、お殿様たちは玉屋に来なくなってしまった。それで、剣客相談人の長屋の殿様を探したら、こちらの安兵衛店にいると分かった。それで、出掛けて来たってわけです」

「なるほど、そういうわけか」

文史郎は顎を撫でた。

左衛門は渋い顔をした。

「殿、偽者たちは、だいぶ羽振《はぶ》りがよさそうですな」

大門は頭をぽりぽり掻いた。

「まったく、本物のそれがしたちは形《かた》なしですな」

表の細小路が騒がしくなった。お福が戸口から文史郎にいった。

「殿様、たいへん、またお客さんですよ」

「なに？」

文史郎は長屋の戸口を見た。

お福とお米をはじめとするご近所のおかみさんたちを掻き分けるようにして、小柄な年寄りが長屋の戸口に立った。年寄りは紋付袴《もんつきはかま》姿だった。

「御免くださいませ。お殿様は、ご在宅でございますかな」

「はい」「こちらに」

お福とお米が年寄りに文史郎を差した。

「これはこれは、お殿様、御尊顔を拝したてまつります」

年寄りは満面に笑みを浮かべて、長屋に入って来た。

「おぬしは、いったい、どなたかな？」

「あれれ、お殿様、しばらくお目にかからぬうちに、少しお瘦《や》せになられたのでは？」

「いや、そうでもないが」

文史郎は面食らった。

その年寄りには、どこで会ったのか、すぐには思い出せなかった。

「済まぬ。余は、最近物覚えが悪くてな。おぬしはどなたでしたかな？」

「はいはい。太物屋《ふとものや》備前屋《びぜんや》の主人佐兵衛《さへえ》にございますよ」

佐兵衛は懐から丸眼鏡を取り出しながら、後ろを振り向いた。

「さあ、お駒《こま》、お殿様にご挨拶《あいさつ》なさい」

お米とお福が左右に離れた。そこに赤ん坊を抱えた丸顔の若い娘と、母親らしい女が立っていた。

「さ、お駒、遠慮することはないよ。入って、赤子をお見せするんだよ」

母親がそっと娘に囁《ささや》いた。

「お殿様、お久しうございます」

娘は、いまにも泣きそうな顔で頭を下げ、赤子を捧《ささ》げ持ちながら、入って来た。

「お殿様、この子が、お殿様の御子にございます」

「な、なんだって。余の子だというのか？」

文史郎は驚いて、娘の捧げ持つ赤子に目をやった。

赤い着物に包まった赤ん坊だった。

真っ赤なお猿のような赤子だ。まだ目を開けていない。

早百合が微笑んだ。

「まあ、可愛い」

「どうぞ、抱いてあげてくださいませ」

母親がいった。文史郎は恐る恐る赤子を抱き上げた。

頼りないほど軽かった。如月が産んだ弥生以来、久しぶりに赤子を抱いた。

文史郎はあやしながら赤子を見つめた。

心なしか、赤子は優しい顔をしている。

「娘子かな?」

文史郎はお駒と呼ばれた娘に訊いた。

「はい。お殿様、その子は……」

お駒は顔を上げ、文史郎を見て絶句した。

「お駒、どうなさった?」

母親が娘に尋ねた。

「この方はお殿様ではないわ」

「なんですって!」

母親は仰天して、文史郎を見つめた。

「返してください」

お駒は文史郎の腕の中の赤ん坊をひったくるようにして取り返した。

「お駒、なんてことをいう」

紋付袴の佐兵衛は老眼鏡をかけながらいった。

「だって、この方、お殿様じゃないもの」

「なにを失礼なことを……」

佐兵衛は眼鏡越しに文史郎を見つめた。

「あっ」

「どうしました、あなた」

母親がおろおろした。

佐兵衛はじっと文史郎を睨みながらいった。

「ほんとだ。この人は若月丹波守清胤様ではない」

左衛門がしゃしゃり出た。

「備前屋佐兵衛とやら、この方は、剣客相談人、長屋の殿様、若月丹波守清胤改め文史郎様だ」

「まさか」

「おぬしが、以前に会ったのは、偽殿様の若月丹波守清胤だ。本物はこの方だぞ」

佐兵衛は娘のお駒と顔を見合わせた。

「では、この子は、偽殿様の子だというのですか」

佐兵衛と母親はへなへなとその場にしゃがみ込んだ。

「あなたたちが偽殿様ではないのですか！」

お駒が必死の形相《ぎょうそう》でいった。

文史郎は頭を振りながらいった。

「お駒とやら、気の毒だが、おぬしは騙されたのだ。余が本物だ」

お駒は衝撃を受けた様子で、赤ん坊を抱えたまま放心状態で立ち尽くした。

赤ん坊がその場の異変を感じたらしく、火がついたように泣き出した。

第二話　相談人争い

一

赤ん坊はようやく泣きやみ、静かになった。

お福が慣れた手つきで、赤ん坊をあやしている。傍らから、お米が覗き込んでいた。

備前屋佐兵衛は、がっくりと肩を落として座り込んでいた。

「そうでございましたか。私どもが、その偽殿様に騙されたというわけでございましたか」

傍らでお内儀のお伸《しん》が首をうなだれていた。

娘のお駒は顔を赤くして、怒りを嚙み殺していた。

お駒は十六歳と若く、まだ顔に幼さが残っていた。

大人の女になりかけの娘特有の初々《ういうい》しさがいい。つんと鼻を上げて怒った顔も、なかなか美しい、と文史郎は内心で思った。

偽殿の若月丹波守清胤も、女については目が肥えているようだな、とも思う。

文史郎は慌てて、邪念を振り払った。いまは、そんなことを考えているときではない。

文史郎は、いささか、備前屋佐兵衛親子が気の毒になったが、どう慰めていいやら、言葉が思いつかなかった。

偽者の若月丹波守清胤がしでかした不始末だから、己には責任がないものの、己が犯した罪のようで、なんとも居心地が悪かった。

「……殿、他山の石にございますぞ」

傍らに座った左衛門が文史郎に顔を寄せて囁いた。

——また余計なことをいいおって。

文史郎は憮然《ぶぜん》とした顔で左衛門を睨み返した。

左衛門は、そ知らぬ顔で佐兵衛やお伸、お駒を見ていた。

大門は壁に寄りかかり、腕組をし、うつらうつらしていた。

早百合は、その大門の傍らで、興味深げに、文史郎や左衛門と佐兵衛親子のやりとりに耳を傾けていた。

「お駒さんは、いつ、どういう経緯《いきさつ》で、偽殿に見初められることになったのかな?」

左衛門が、優しく問い質《ただ》した。

「……………」

お駒が佐兵衛の顔を見た。

佐兵衛は溜め息を洩らし、お駒の代わりに小さな声で答えた。

「一昨年の秋でしたが、飯田屋唯衛門さんが、娘のお駒を見て、行儀作法見習いとして、しかるべき藩の江戸屋敷に奉公に上げぬか、と申されて。私どもとしては、願ってもないことと、喜んでお願いしたのです。ところが、こんなことになってしまい、いまは悔やんでも悔やみ切れません」

「ほんとうに」

お内儀のお伸も、袖を目にあてながら、頭を垂れた。

左衛門は確かめるようにいった。

「飯田屋というのは、両替屋の飯田屋唯衛門のことだな?」

「はい」

佐兵衛は神妙にうなずいた。

飯田屋？　偽殿たちが用心棒を務めている両替屋ではないか？

文史郎は左衛門の顔を見た。

左衛門は、しかり、と首肯《しゅこう》した。

佐兵衛はいった。

「去年の春でした。飯田屋さんから、格好な奉公先が見付かったから紹介しよう、といわれたんです」

「飯田屋はなんと申しておった？」

「那須川藩の藩主である若月丹波守清胤様が、わけあって若隠居なされた。そのお殿様の隠居先の下屋敷に、お殿様の身の周りの世話をする御殿女中見習いとして、一年ばかり奉公させないか、とおっしゃっていたのです」

那須川藩の下屋敷は上野寛永寺《かんえいじ》の北、日光街道《にっこうかいどう》沿いにある。文史郎は、そこの隠居部屋に、若隠居として蟄居《ちっきょ》したことがあった。

その下屋敷を左衛門と抜け出し、安兵衛店に住み着いて、長屋の殿様といわれるようになり、腕を買われて剣客相談人を開業することになった。懐かしいといえば懐かしい屋敷だった。

「さっそく飯田屋さんにお願いしたところ、案内されたのは、品川《しながわ》近くの海に面したこぢんまりとしたお屋敷で、なんでも若月丹波守清胤様が若隠居なさるために用意された隠れ屋敷だということでした」

文史郎はこほんと空咳をしていった。

「佐兵衛、それがしのことではないぞ」

「あ、はい。失礼いたしました。お殿様ではなく、偽殿の若月丹波守清胤様です」

「佐兵衛、いちいち若月丹波守清胤という名を申すな。余がいわれておるような気がしてかなわぬ」

「は、はい。申し訳ありませぬ。若月丹波守清胤様、あ、殿様」

佐兵衛はしどろもどろになった。

「爺、那須川藩は上屋敷、下屋敷以外に、品川くんだりに、そんな隠れ屋敷なんぞという屋敷は持っていたか？　余は耳にしたこともないが」

左衛門はにやっと笑い、文史郎にいった。

「まあまあ、殿、まずは佐兵衛の話を全部聴きましょう。それで、佐兵衛は飯田屋に連れられ、その隠れ屋敷とやらへ出掛けたのだな？」

「はい」

「どんな屋敷だった？」

「海辺に沿って、たくさんの武家屋敷が並んでいるところでして、白い築地塀《ついじべい》に囲まれた、小さいが豪華で綺麗なお屋敷でしたな。庭からは江戸湾を眺めることができまして、船を付ける桟橋《さんばし》もある。それはもう、素晴らしいお屋敷でした。のう、お駒？」

「はい」

お駒は放心した顔でうなずいた。左衛門はお駒に尋ねた。

「屋敷には、どのような者たちがおった？」

「御女中頭《がしら》のお晶《あき》様、お籐《ふじ》様、下女のお力《りき》、ほかに、飯炊きとか、下男など、二、三人がいらしたと思います」

「侍はおらぬのか？」

「お殿様が御出でになるときに、必ずごいっしょしていた左衛門様、それに大門様」

「その左衛門は拙者ではないぞ」

「はい。左衛門様は、もっと矍鑠《かくしゃく》として、偉そうでした」

お駒は左衛門を見ながら、うなずいた。

左衛門は傷ついた面持ちでいった。

「ううむ。では、あちらの大門は？」

柱に寄りかかって転寝《うたたね》していた大門もはっと目を覚ました。

「それがし、呼ばれたか？」

「大門様は、もっと大柄でした。お頬のお髯が濃くて、腕にも脛《すね》にもびっしりと黒い毛が生えていて、まるで熊さんのようで……」

早百合が生き返ったように、明るい声で口を挟んだ。

「ねえ、お駒さん、そうでしょ？　あちらの大門様は、軀はがっしりとしていて、ほんとに熊さんみたいだったよね」

「はい」

「この大門さんの方が毛が少なくて、ちょっと頼りないような気がする」

「おい、うさぎ、拙者と偽者を比べるな。拙者は本物、あっちの大門は拙者の偽者なのだからな。その点を忘れるな。失礼な女だ」

「はいはい。御免なさい。でも、あちらの大門様は、もっと優しい御方でしたよ」

文史郎はにやにやしながらいった。

「爺も大門も、偽者の爺や大門の方が良さそうだな。いっそのこと、あちらと入れ替わったらどうかな」

左衛門はむっとした顔で、お駒に訊いた。

「お駒、あちらのお殿様は、どうだった？　本物のお殿様と比べて、先ほどは、なんと申しておった？」

お駒はじろりと文史郎を一瞥《いちべつ》した。

「はい。お殿様は、もっと美男でした。お優しくて。それに、お軀も頑丈そうで、剣術もお強くて」

「ほうれ、見なさい。殿の場合も偽殿の方が評判がいいではないですか」

左衛門はうれしそうに笑った。

文史郎は不機嫌な声で左衛門をたしなめた。

「爺、そんな話をしている場合か。話を先に進めるんだ」

「はいはい。で、なぜ、おぬしたちは、お駒があの赤子を産んだあと、わざわざ、こちらへ参ったのだ？」

佐兵衛が答えた。

「お駒が身籠《みご》もったら、御女中頭たちに、お駒は責められ、とうとう屋敷を出されたのです」

「ほう？　なぜかな？」

「若月丹波守清胤様は、いや、あちらのお殿様ですが、奥方様や側室様がいらして、御子たちがおり、これ以上、世継《よつぎ》を増やしてはならぬ、と奥方様から堅くいわれている。だから、実家に帰り、中条《ちゅうじょう》に行って、お腹の子を堕《お》ろすように、といわれたのです」

「中条？」文史郎は怪訝な顔をした。

左衛門が小声でいった。

「中条流の女医者のことで、もっぱら堕胎《だたい》を引き受けてくれるんです」

「さようか」

お駒が必死の形相でいった。

「堕ろせなんて。あの優しい若月丹波守清胤様がいうはずはありません。御女中頭のお晶様たちが奥方様にいわれて、そういっているに違いないのです。それで、私はあえて、お殿様の子を産みました」

文史郎は、自分のことをいわれているようで、尻が落ち着かなかった。

母親のお伸も口を開いた。

「そうなんです。せっかく授かったお殿様の子を堕ろすなんて、とんでもない。私も主人もお駒に産むようにいったのです」

佐兵衛もいった。

「生まれた子を、直接、お殿様にお見せすれば、きっとお喜びになり、お駒を側室とまではいいませんが、せめて側女《そばめ》に置いていただけるのではないか、と屋敷へ赤子を連れて訪ねたのです」

「それで、会えたのか？」

「いいえ。会えるどころか、出てきた御女中たちは、お駒など知らぬ、お殿様の子かどうか、怪しいものだ、と取りつくしまもない応対で、追い返されたのです」

「なるほど。それで、こちらへやって来たというのか」

文史郎は納得した。

「はい。さようでございます」

「しかし、余たちの長屋が、よう分かったな」

「はい、それはもう必死に探しましたから」

佐兵衛は頭を振った。

「お駒、あちらの殿様は、隠れ屋敷に住んでおったのか？」

「いいえ。あちらのお殿様も、長屋の殿様と自称なさっていまして、隠れ屋敷には、時折、思い出したようにしか、お戻りになりませんでした。それで、たいがいは、どこかの長屋にお住まいで、剣客相談人のお仕事をなさっていると思っていました」

母親のお伸がいった。

「そうこうしているうちに、こちらの安兵衛店に、長屋のお殿様がいる、という噂を聞き付け、さっそく、主人に調べてもらい、こうしてやって参ったのです」

「それで、お殿様に会って、いかがいたそうと思ったのだ?」

お駒がうなずいた。

「はい。お殿様に、あの子を見せ、ぜひとも、娘の名前を付けていただきたい、と思ったのです。そして、あの御女中たちを追い出してもらい、私が屋敷に戻れるようにしていただきたい、と」

「そうです。お殿様が娘のお駒にお手を付けたのですから、責任を取って、お駒と赤ん坊を引き取っていただかないと」

佐兵衛が付け加えた。

「そうか。そういうことだったか」

文史郎は溜め息をつき、左衛門と顔を見合わせた。

「弱りましたね、殿」

「うむ、弱ったな。偽殿がやったことを、わしらのところへ持ち込まれてもな。わしらが責任を取ることもできんし」

文史郎は腕組をした。

大門がいった。

「本物のわれわれが隠れ屋敷とやらに押しかけ、偽者たちと談判するしかないのでは？」

左衛門が憤然としていった。

「けしからん。何が談判です、大門殿。本物の私たちは、偽者を取っ捕まえて、懲らしめねばならんでしょう。そうしないと、お駒のような娘が、これからも偽殿の毒牙《どくが》にかかってしまう。そんなことは防がねば。そうでしょう、殿」

「そうだ。爺のいう通り、余たちの名前を騙り、悪さをする偽殿たちは許せぬ。二度と、わしらの名を名乗らぬよう懲らしめねば」

文史郎も左衛門に同調するように怒って見せた。

佐兵衛は、その様子にお駒に囁いた。

「……お駒、どうだろう、こちらのお殿様を信用して、鞍替《くらが》えしたら？　こちらのお殿様の方が、まじめそうだし、おぬしもこちらのお殿様に引き取ってもらったら……」

文史郎は慌てた。

「おいおい、何を言い出す。こちらの事情も考えずに」

「お殿様、少々、お待ちを」

佐兵衛は、お内儀のお伸と、娘のお駒の三人で額《ひたい》を寄せ合い、何ごとか、ひそひそと鳩首《きゅうしゅ》会談を始めた。

やがて、佐兵衛が顔を上げると、文史郎に頭を下げた。

「これもなにかの御縁かと。お殿様には、若月丹波守清胤様として、娘のお駒が産んだ子の名付け親をお願いできませぬでしょうか?」

「ぜひに、娘の子のために、よろしうお願いいたします」「お殿様、どうかお願い」

お伸とお駒も、それぞれ、両手をついてお辞儀をした。

「名付け親か」

文史郎は茫然《ぼうぜん》として、佐兵衛親子を見回した。

突然、お福が抱いてあやしていた赤ん坊が泣き出した。

「はいはい、お殿様がね、あんたのお名前を付けてくださるからね」

「そうだよ。だから、おとなしくしているんだよ」

お米とお福が赤ん坊を優しくあやしていた。

左衛門と大門、早百合は思わぬなりゆきに互いに顔を見合わせ、頭を振った。

二

ようやく佐兵衛たち親子や早百合が引き揚げ、お隣のお福もお米も部屋に戻ったので、長屋は静かになった。

名付け親にまでなった文史郎は、すっかり気が抜けてしまった。

左衛門は急須《きゅうす》の茶を湯呑み茶碗に注ぎながらいった。

「綾《あや》ですか。女子らしい、いい名ですな」

「しかし、殿は、とっさによくも思いついたものですな」

「柳の下で釣りながら思い出した歌があってな」

文史郎は顎を撫でた。左衛門が訝った。

「何を思い出したのです？」

「紀貫之《きのつらゆき》の『さざれ波寄する綾をば青柳のかげの糸して織るかとぞみる』だ。とっさに、その歌の綾が浮かんだな」

「さすがだ。殿は、だてに釣りをして遊んでいるわけではありませぬな」

大門は感心した。

表に足音が聞こえた。

戸口から、口入れ屋の権兵衛が顔を出した。

「御免ください。よかった。みなさん、お顔を揃えていますね」

「おう、権兵衛殿、入ってくれ」

「お邪魔しますよ」

権兵衛は足も軽やかに長屋に入って来た。

「さ、皆さん、お仕事が入りましたよ。それもたくさん。選《よ》り取り見取りですぞ」

権兵衛は上がり框に座り、手に持っていた大福帳を開いた。

「なに、たくさん仕事が入っただと？」

文史郎は訝った。

このところ、相談人の仕事はまったくなく、閑古鳥《かんこどり》が啼《な》いていたからだ。

左衛門もうれしそうに権兵衛の大福帳を覗き込んだ。

「どれどれ、どんな相談事かな？」

「いずれも、用心棒ばかりですがね。いいお店が、ぜひ、剣客相談人の皆さんに引き受けてほしいという仕事でしてね」

権兵衛は、大福帳に書き付けた店の名を、指で指し示した。

相模屋《さがみ》、越後屋、大野屋《おおの》、堺屋《さかい》、吾妻屋《あずま》、大久保屋《おおくぼ》……。ずらりと江戸の主だった大店が居並んでいた。

「ほんとだ」

「どうして、急に、こんなに求人が増えたというのだ？」

文史郎が訊いた。権兵衛はにんまりと笑った。

「こう申し上げては、なんですが、あれもこれもみな、お殿様たちの偽者たちが飯田屋で強盗を撃退してくれたからですよ」

「なんだって？」

「最近、いろんなお店に、無頼漢や怪しい浪人者が、なにかと因縁をつけに押しかけて、小金稼ぎをしているらしいのです」

「ほほう」

「ところが、例の『剣客相談人御立寄所』という御札を店先にかかげると、無頼漢も浪人者も、敬遠して来なくなるというのが、もっぱらの噂なんです。だから、魔除け札の値段が一挙に高くなった。うちでも、同様の御札を売り出そうか、と思っているほどです。なんせ、あちらは偽者ですけど、こちらの皆さんは本物ですからな。胸を張っていい」

権兵衛はにんまりと笑った。

「どれどれ、どれがいいか」

「爺さん、できるだけ高いものがいいぞ」

左衛門と大門は大福帳を覗き込みながら、ほくほく顔で笑った。

今日《こんにち》の盛況が偽者たちの活躍のおかげだ、と思うと、文史郎は素直に喜べなかった。

「おう、これはどうだ？　越後屋、三食付き、一日一分、四日で一両だ」

大門が声を張り上げた。左衛門が別の店を上げた。

「大門殿、こちらの相模屋は、三食昼寝付きで、なお夜には酒が出て、一日一分五朱ですぞ」

「待て待て、大野屋は女中付きだ。しかも、料金は、同じ」

文史郎は堪《たま》り兼《か》ねて、二人を抑えた。

「おい、いい加減にせぬか。みっともない。いつから、わしらは金儲けに入れ揚げるようになった」

「殿、とはいえ、やはり、今時、何ごとも金ですからな」

「しかり。金がなくては、飯も食えない。いい顔もできない。殿、あまり固いことは、いいっこなし」

左衛門も大門も、すっかり有頂天《うちょうてん》だった。

権兵衛が大福帳をめくり、左衛門と大門に指し示した。

「私のお薦《すす》めは、これですな」

「どれ」と左衛門。

「どれどれ」大門も覗き込む。

「殿、これなど、いかがでしょうか？」

権兵衛が左衛門と大門から大福帳を奪うようにして、文史郎に見せた。

「権兵衛、余は世のため、人のためなら、どれでもいいぞ」

『要秘密。某藩藩邸から出奔せりし母子の探索、母子の警護をお願いいたしたい。謝礼金些少《さしょう》につき、義侠心篤き《ぎきょうしんあつ》士を求む。委細面談《いさいめんだん》。某藩江戸中老』

文史郎は顔を上げた。

「はじめから、謝礼の金はわずかしか出せぬというのだな。それで義侠心の篤い武士を求めているのか。これはおもしろそうだ。爺、いかが思う？」

「義侠心が篤い侍を求むですか。確かに、金にはなりそうにありませんな」

左衛門は頭を振った。大門が覗き込み、権兵衛に尋ねた。

「これだけは、なぜ、要秘密なのだ？」

「はい。込み入った事情がおありなので。うちのほかの口入れ屋にはお願いしてないそうなのです」

「うむ。気に入った。いや気になった。権兵衛、これを紹介してくれ」

文史郎は大福帳のその箇所をどんと叩いた。

左衛門は首を横に振った。

「殿、粋狂《すいきよう》はいい加減にしてください。やはり、多少は金になりませぬと」

「殿、拙者も左衛門殿に賛成。殿に反対でござる。権兵衛、なんとか、いわぬか」

権兵衛はにんまりと笑った。

「左衛門さん、大門さん、では、こうしたら、いかがかと」

「どうするというのだ？」

左衛門は権兵衛に向いた。

「これだけ、たくさんの仕事があります。お二人には、それぞれ、仕事を請け負っていただくというのは？　いつも、三人で請け負うというのではなく、今回は分かれて好きな仕事を選り取り見取りということで」

「なるほど。『剣客相談人御立寄所』の札が厄除けのように役に立つというなら、毎日、ちょいと顔を出せばいいだろうから、何軒か掛け持ちでもできそうだのう」

大門はしたり顔でいった。左衛門はうなずいた。

「大門殿、拙者は楽がしたい。待遇の良さそうなところを見付けて、そこの用心棒を引き受けたいものですな」

「爺さん一人では難しそうだったら、そのときは、呼んでいただければ、拙者がおっとり刀で駆けつけましょう」

「それでも、難しそうであれば、ぜひとも、殿にもお出まし願う、というのはいかがでござる？」

「のう、権兵衛、そこで各店から相談料を一両ずつでも頂ければ、たちまち、何十両ともなろう」

「はい。さようで」

権兵衛もにんまりと笑った。

左衛門と大門は、すっかり乗り気になり、権兵衛の大福帳に見入った。

「よしよし。では、さっそく、回って見ようではないか。爺は、日本橋のこの店とこの店をあたってみよう」

「では、拙者も、この京橋《きょうばし》の大店を何軒か、相談に乗ってあげますかな」

大門もほくほく顔で大福帳に書かれた店を指差した。

文史郎は溜め息をついた。

「やれやれ、爺も大門も、欲に駆られて、用心棒を引き受けようとは、情けない」

左衛門が冷ややかにいった。

「殿、いまや、武士は食わねど高楊子《たかようじ》の時代ではありませんぞ。武士が百姓農民のあがりで食う時代は終わりました。これからは、武士も自分の手で仕事を見付けて、食べていかねばなりません」

大門も相槌を打った。

「そうでござるぞ、殿。我々武士は、これまで誰かに寄生して生きて来ましたからな。世間のお邪魔虫であってはいかん。少しは役に立つ人間にならねば。武士も、自分の足で立ち、額に汗して働き、自分の飯代ぐらいは稼がねばなりません。そういう時代になっていますぞ」

「二人とも、やけに意気軒昂《いきけんこう》だな。いつまで、それが長続きすることか」

文史郎は頭を振った。

「ま、殿は、母子を探すほうを引き受けてください。爺も暇があったら、お助けいたしましょう」

「殿、拙者もいつでも駆けつけますぞ。殿の呼び出しなら、当然無料です。どうぞ、遠慮なさらずに」

大門は髯を撫でながらいった。

権兵衛は、揉み手をしながら、文史郎に向いた。

「ということで、お殿様には、こちらの母子探しを依頼して御出でになられた某藩の要路にお引き合わせいたします。実は、先方はたいへんお急ぎのようでして、もしお殿様に引き受けていただけますれば、すぐにでも、お殿様にお目にかかりたいと申しておりまして」

「いいだろう。ところで、引き受けることにしたのだから、依頼人は、どこの藩の誰なのかを明らかにしてもいいのではないか」

「はい。そうでございますね。では、申し上げましょう」

権兵衛は、風呂敷包みから、もう一冊の大福帳を取り出し、指を舐め舐め、一丁一丁丁寧《ていねい》にめくった。

やがて、指が止まった。

「これ、これですな」

権兵衛はその箇所を開いたまま、文史郎の前に拡げた。

『依頼人　上野館林《こうずけたてばやし》藩中老大栗忠早衛門《おおぐりちゆうさえもん》

藩主側女《そばめ》都与《とよ》、息子小太郎《こたろう》出奔の儀……』

「上野舘林藩といえば、たしか、六万石の譜代《ふだい》大名冬元家《ふゆもと》ではないか？」

文史郎は権兵衛を見た。権兵衛はうなずいた。

「よく御存知ですな。さすが、お殿様だけのことはございますな」

「藩主は、たしか冬元史朝《ふみとも》殿ではないか？」

「ご明察の通りにございます。お知り合いでございますか？」

「うむ。城内で、何度かお目にかかったことがあるな」

「それはそれは。好都合なことで」

「史朝殿は小大名の余のことなど、すっかり忘れておるだろうがな」

「御謙遜《ごけんそん》を。那須川藩二万石の大名だった若月丹波守清胤様は、幕府でも一時若年寄《わかどしより》に任じられたこともございましょう？　そのような要路を忘れるはずがございません」

左衛門が横から口を挟んだ。

「那須川藩は一万八千石でござるぞ。それに、殿は若年寄に任じられるところを固辞なさり、在所に戻って藩政改革をなさった。それが命取りになり……」

文史郎は鼻白《はなじろ》んだ。

「爺、そんな古い昔話はよせ」

「はい。しかし、間違ったことは正しておきませんと……」

「いいから、権兵衛、続けて」

文史郎は権兵衛を促した。

権兵衛は頭を掻いた。

「そうでございましたか。私はてっきり殿が若年寄に任じられて、幕政において辣腕《らつわん》を揮《ふる》われたと思っておりましたが」

「それは、誰かと間違って覚えたのであろう。話を戻そう。で、出奔したのは、その史朝殿の側女と愛息というわけなのだな」

「さようでございます」

「何かわけありのようだな」

「そうらしいのです。詳しいことは、中老大栗忠早衛門様がお話するそうです」

「うむ。よかろう。大栗忠早衛門殿とは、どこで面談できる？　藩江戸屋敷に余が出向けばいいか」

「あくまで内密にということでして、藩邸ではなく、どこか人目のつかぬ小料理店か茶屋にて、とおっしゃっておりました」

「権兵衛、おぬしに場所は任せよう。どこか都合のいい場所を設けてくれ」

「分かりました。いつがおよろしいかと。先方はできるだけ早くにお会いしたい、と申していましたが」

「余も、いつでもいい。急ぐなら、今夜でもいいと申してくれ」

「はい。分かりました。では、至急に先方様のご都合もお聞きして、どこか静かな席をご用意いたします」

「うむ。頼む」

文史郎は、あらためて大福帳に目をやった。

そこには、出奔したという記述があるのみで、ほかに何も書かれてなかった。

大門が権兵衛にいった。

「では、権兵衛殿、拙者らも、そこにある用心棒依頼の店々を、一軒ずつ見て回ってみようかのう」

「爺も、そういたそう」

「はいはい。分かりました。左衛門様と大門様には、それぞれ、うちの手代か番頭をお付けしますので、帳面にあるお店を訪ねてみてくださいませ」

「うむ。頼む」「頼んだぞ」

左衛門と大門も張り切っていった。

三

手代の参助《さんすけ》が『相模屋』の看板がかかった呉服店の店先に足を止め、大福帳と照らし合わせながら、「左衛門様、こちらにございます」と手で差した。

「おう。ここか、たいそう流行《はや》っておりそうな大店だな」

左衛門は裁着袴《たつつけばかま》の塵《ちり》や埃《ほこり》を叩いて払い落とした。

依頼人に会う前に、一応身だしなみを正しておかないと、いい印象を持たれない。

間口は十二間。大勢の客や奉公人が店先で立ち働いているのが見える。

真ん中の柱に、真新しい紙に、墨で麗々しく『剣客相談人御立寄所』と大書した札が掲げられてあった。朱印の落款まで捺してある。

「ああ、これか。これが厄介者除けのお札というわけだな」

左衛門は苦笑し、手代を案内に立て、堂々と胸を張って相模屋に足を踏み入れた。

「いらっしゃいませ」

店先で番頭が左衛門と手代を出迎えた。

手代は腰を低めて、口入れ屋の権兵衛の名代《みょうだい》だと名乗り、ご依頼に応じて、剣客相談人をお連れしたと告げた。

番頭は戸惑った顔をした。

左衛門は自ら進み出て、番頭に挨拶した。

「拙者、剣客相談人、元那須川藩主若月丹波守清胤様の側用人をしておる篠塚左衛門と申す。以後、御見知りおき願いたい」

「はあ……さようで」

番頭は困った顔をしたが、店先に座り、左衛門に座布団を勧めた。

「御免」

左衛門は座布団に座った。

「剣客相談人でございますか?」

「さよう。相模屋さんのご主人は、ご不在か?」

「は、はい。ですが、どういうご用件でございましょうか?」

「相模屋さんは、口入れ屋の清藤権兵衛に、剣客相談人を求めたい、と依頼なさったということでしたが」

「はい。さようで」

「そこで、拙者が剣客相談人として、参上した次第だ。さよう取り次いでいただきたい」

「……その正面の柱に貼った御札をご覧いただきませんでしたか？」

「ああ拝見した。拙者たちの『立寄所』とある札であろう？」

「すでに、うちの店は、主人が剣客相談人のお殿様にお目にかかり、難癖をつける無頼を追い払うため、しかるべき巡回をお願いしたばかりでございますが」

左衛門は面食らった。

「なに？　すでにうちの殿と、ご主人がお会いして、話をつけたと申されるか？」

「は、はい」

「そんなはずはない。その殿様というのは、どなたと申されたかな？」

「はい。長屋の殿様とおっしゃっていましたね。ですが、ほんとうは、元那須川藩主若月丹波守清胤改め大館文史郎様とのことでした」

「そ、そんな馬鹿な。殿は、いつも拙者らといっしょだ。拙者に内緒で、そのような依頼を受けることはないが」

「御供の御家来も、お二人ごいっしょでしたよ」

「どのような風体の家来だ？」

「お一人は、やや年配でしたが、上品なものいいをする風格のある傅役《もりやく》の方でしたな。そして、もう一人が、頬や顎に黒髯をびっしり生やした大柄なお侍様でした」

「二人の名前は？」

左衛門はこれは容易ならぬことだ、と内心思った。

「傅役のご老体は、たしか篠塚左衛門様といわれた。……あなた様は、さきほど、なんとおっしゃっておられましたっけ」

「篠塚左衛門。して、いま一人の大柄な男は、なんという名前だと申していた」

「ええと、大門甚兵衛様とおっしゃっておられたと思います」

「鍾馗《しょうき》さまのような髯もじゃで」

「ですが、目が非常にお優しい」

左衛門は慌てて訊いた。

「そのお殿様というのは、どのような風体をしておった？」

「はい。若月丹波守清胤様は、いかにもお殿様らしく、でんとした態度でお話なさっておられた。まだまだお若いのに、お家の事情で、若隠居を強いられて、下屋敷に閉じこめられていた。そこを逃れて、いまでは長屋住まいをしておられる。それで長屋の殿様と……」

左衛門は憤然として席を立った。

「おのれ、そやつらは、それがしたちの偽者だ。けしからん。偽者が本物のそれがしたちよりも、先におぬしらと話を付けるとは」

「……剣客相談人様たちが、偽者だとおっしゃるのですか?」

「ああ。そいつらこそ、偽も偽。拙者こそ正真正銘の篠塚左衛門でござる。おのれ、その左衛門とやら、本物のわしを差し置いて、勝手にわしの名前を使いおって」

左衛門は怒りで軀が震えた。

「……あのう、畏《おそ》れ入りますが、あなた様が、本物の篠塚様であるという、何か証拠でもございましょうか?」

「なにい。わしがわしである証拠だと?」

左衛門は一瞬困った。

自分が本物の左衛門である証拠など、どこにもない。

安兵衛店の住民たちや那須川藩の友人知人が生き証人になって、左衛門が左衛門であると口々にいってくれなければ、自分が左衛門であることなど証明できない。

「ほら見なさい。こういってはなんですが、あなたこそ偽者なのでしょう? あなたが、篠塚左衛門様なら、なぜ、いつもごいっしょのお殿様がおられないのです?」

番頭は慇懃無礼に尋ねた。

左衛門は慌てた。

「そ、それは事情があって、来られなかっただけだ」

「うちでは、偽者の剣客相談人は、いりません。どうぞ、御引き取りくださいませ」

「何をいうか。拙者こそ本物の……」

番頭は立ち上がって、大声でいった。

「誰か、剣客相談人を呼んでおいで。至急に来てくれって。剣客相談人を騙る偽者が、店に難癖をつけているというんだよ」

「へい、ただいま」

店の手代か丁稚《でっち》が返事をし、表へ駆け出して行った。

番頭の周囲に、手代や若い者が集まり、左衛門を取り囲もうとした。

口入れ屋の手代が左衛門の袖を引いた。

「左衛門様、ここはおとなしく引き揚げましょう。お願いです」

「おのれ、けしからん」

左衛門は腹を立てたが、その場にいると、気まずい思いをすると分かり、踵を返して店の外に出た。

「誰か、外に塩を撒いておくれ」

番頭の声が左衛門の背に追い打ちをかけた。

どうしてくれようか。

おのれ、偽者たちめ。このままではおかぬぞ。

左衛門は毒突いた。だが、いくら毒突いても、番頭から受けた侮辱《ぶじょく》と惨めな思いは拭い去れなかった。

内心、偽者の殿様たちが、いつの間にか、本物の殿様と入れ替わったように感じた。

四

「ははは。あなたが大門甚兵衛さまだというのですか」

応対に出た越後屋の番頭は、手代と顔を見合わせて笑った。

「何が可笑しい？」

「いや、これは失礼いたしました。確かに、おたくさまは、頰から顎にかけ、黒髯を生やしておられるし、頭も月代なしの総髪で、無造作に髪を結って丁髷《ちょんまげ》にしておられる。一見、大門様によく似ておられるが、あちらの方は大柄で、しかも堂々としておられる。それに身形《みなり》も、ちゃんとしたお武家様です。本物に比べたら、やはり、あなた様は少々ねえ」

番頭はにやにやと笑った。

大門はむっとして訊いた。

「少々、なんだというのだ？」

「それをいっては、いくらなんでも失礼というものでしょう。分かりました。うちとしても事は荒立てたくない。越後屋の名に傷がつきますからな。それに、あなた様も、このままは引き下がれないでしょう」

番頭は手代にちらりと目配せした。手代は内所《ないしょ》に行き、手金庫を開いて、少額の銭を紙に包んだ。

手代は番頭に小さな紙包みを渡した。

番頭は冷ややかな笑みを浮かべ、小さな紙包みを大門の前にそっと差し出した。

「今日のところは、これでおとなしくお引き取りくださいませ」

「なんだ、この金は？」

「ご不満なのですか？」

「それがしは、そんな端金《はしたがね》を貰おうとして、こちらを訪ねたと思うのか？」

大門は腹に据えかねていった。

番頭は鼻で笑った。

「お侍様、店に貼り出してある、あの御札をご覧になられたでしょう？」

番頭は店の柱に貼ってある『剣客相談人御立寄所』という札に目をやった。

「だから、なんだ？　あれは、それがしたちのことだぞ」

「まだ、そんなことをおっしゃっている。そろそろ、お帰りにならないと、面倒なことになりますよ」

「面倒だと？」

「うちの店としても、迷惑なんですよ。こうして、大勢のお客が御出でになられている店先で揉め事があっては、店の暖簾《のれん》に傷がつきますんでね。できるだけ穏便にお帰りいただきたいと」

口入れ屋の番頭が、大門に囁いた。

「大門様、ここは、おとなしく引き揚げましょう。どうも変だ。偽者たちに先を越されたようですから」

「うむ。そのようだの」

大門は憮然として目の前の番頭を睨み付けた。

「お引き取り願えますかな」

「……また来よう。そのときには、偽者呼ばわりさせんからな」

大門は立ち上がった。口入れ屋の番頭が越後屋の番頭に「失礼しやした」と頭を下げた。

「これは、いらないのですかな」

越後屋の番頭が紙包みを差し出した。

「いらん。誰が受け取れるか」

大門は懐手をし、あたりを睥睨《へいげい》しながら、店から外へ出た。

口入れ屋の番頭がぺこぺこと頭を下げながら、大門のあとに従った。

だいぶ太陽が西に傾いていた。

「大門様、どういたします？　まだ続けますか？」

番頭が後から訊いた。

「…………」

大門は無性に腹が立っていた。

口入れ屋の紹介で訪ねた呉服店や太物《ふともの》屋、両替屋は、いずれも、訪ねた大門に対し、けんもほろろの応対だった。

いったい、どうなっているというのか？

どの店も『剣客相談人御立寄所』という札を掲げ、偽者の殿様たちを本物だと思い込んでいる。

用心棒の依頼を受けようと訪ねたのに、すでに偽者の剣客相談人たちに先を越され、用心棒は、もういらないとばかりに、冷たく追い返される。

大門は口をへの字にして我慢するしかなかった。

先を越された自分が悪い。

しかし、自分が偽者扱いされるのには、腹が立った。だが、自分が本物である証拠を出せといわれても、出せないのだから、始末に負えない。

いったい、どうしてくれようか。

大門は敗北感と屈辱感に打ちのめされていた。

日本橋の広場に差しかかったとき、向かい側から、しょぼくれた格好の左衛門が手代を連れて、とぼとぼと歩いてくるのが見えた。

大門は思わず手を上げて叫んだ。

「おおい、爺さん」

「あ、大門殿」

左衛門は疲れた足取りでやって来た。

「どうした、元気のなさそうな顔をして」

「そういう大門殿も、疲れた顔をしておりますな」

「首尾はいかがだった？」

「首尾もなにもありはせぬ。十軒ほどあたったが、いずれも断られた」

「そうか。拙者も五、六軒あたったものの、すべて用心棒の口はない、と断られた」

「やはり。大門殿は偽者扱いされませなんだか？」

「されたされた。どこの店を訪ねても、拙者は偽者扱いで追い返された。こんなことは生まれてこの方、初めてのことだ」

「大門殿、これは、ほんとうに偽者退治をしないと、本物のわしらが偽者たちに取って替わられかねませんぞ」

大門はうなずいた。

「ほんとだ。しかも、厭《いや》なことに、偽者たちの方が、羽振りも見栄えも、自分たちよりも上のようだ。口惜しいことに偽者たちの方が本物らしく見えるらしいぞ。情けない」

左衛門は唸るようにいった。

「長屋へ帰って、殿に報告しなければ」

「うむ。そうしよう。殿なら何か考えがあるかもしれない」

大門は忿懣《ふんまん》やる方ないという顔でいった。

五

廊下は行灯《あんどん》の明かりでぼんやりと浮かび上がっていた。

文史郎は仲居に案内され、二階の廊下を進んだ。

手摺り越しに大川の暗い水面《みなも》が見える。

大川を上り下りする船の提灯《ちょうちん》が水面を怪しく照らしている。

襖越《ふすまご》しにぼそぼそと話し合う男の声がした。

仲居は立ち止まり、部屋の前の廊下に座った。

「こちらでございます。お客さまがお越しになられました」

「入っていただけ」

「はいッ」

仲居は廊下に座ると襖を開けた。

「御免」

文史郎は大刀を右手に下げ、座敷へ入った。

座敷には二人の姿があった。一人は口入れ屋の権兵衛、いま一人は羽織袴姿の初老の侍だった。

「お殿様におかれましては、わざわざお越しいただきまして、恐縮にございます」

初老の侍は両の手をつき、文史郎に頭を下げた。白髪が何本も混じっている。

いっしょに権兵衛も平伏している。

床の間を背にした席だけが空いていた。

文史郎は上座の空いた席に座った。

初老の侍は頭を下げたままいった。

「申し遅れました。拙者、舘林藩の中老の大栗忠早衛門にございます。どうぞ、御見知り置きのほど、お願いいたします」

文史郎は威厳を込めていった。

「余は、剣客相談人、元那須川藩主若月丹波守清胤改め大館文史郎でござる。よろしうな」

「ははあ。畏れ入ります」

中老の大栗忠早衛門は深々と頭を下げた。

「大栗忠早衛門、挨拶はこのくらいにして、さっそくだが、ご依頼の件について話を聞こう。いかがかな？」

「剣客相談人様に、さっそくお引き受けいただき、ありがとうございます」

「母子を探し出せということだが、いったい、どういうことなのか、はじめから話してくれぬか」

「分かり申した」

大栗忠早衛門は、ゆっくりと顔を上げた。

「ただし、これは我が藩の恥を世間に晒《さら》すようなものなので、ぜひとも内密にしていただきたいのですが」

大栗の顔は苦渋に歪《ゆが》んでいた。

文史郎は大栗の心情を察して、うなずいた。

「分かった。口外無用とすることを約束しよう」

「ありがとうございます」

大栗は溜め息をひとつついた。

「実は、館林藩は内紛寸前、いや、もう一部には火がついたような状態なのです。そもそもの原因は、おおよそ、お察しのことと思いますが、藩主冬元史朝様の跡目相続に端を発した藩内の守旧派と新興勢力の勤王派《きんのうは》の争いにございます」

確かに、よくあることだ、と文史郎は思った。

大栗は訥訥《とつとつ》と内情を話しはじめた。

文史郎は腕組をし、大栗の訴えに、じっと耳を傾けた。

上野舘林藩六万石は譜代大名で、江戸の北辺にあって、東山道《とうさんどう》を押さえる要衝《ようしょう》の地にあり、上野、下野《しもつけ》、武蔵《むさし》の諸藩に睨みを利かし、奥州《おうしゅう》諸藩、北越《ほくえつ》諸藩が江戸へ攻め上るのを防ぐ役割も担っていた。

それだけに、何かにつけ、幕府から目をつけられる藩とされていた。

その舘林藩の藩主冬元家に、遠く周防徳山《すおうとくやま》藩主の毛利《もうり》家から養子として史朝が迎えられたあたりから、藩内の雲行きが怪しくなって来た。

史朝は毛利広成《ひろなり》の七男で、勤王の志が強く、朝廷から信頼されており、さらに親戚である長州《ちょうしゅう》藩とも親しい間柄だったからだ。

そのため、藩内には、史朝が藩主に就《つ》いて以後、急速に若手を中心とした勤王派が増え、旧来の頑迷《がんめい》な守旧派である佐幕派《さばくは》を圧迫しはじめていた。

折から固陋《ころう》な家老たちの藩政が芳《かんば》しくなく、利根《とね》川の氾濫《はんらん》などの天災もあいまって、飢饉《ききん》に襲われ、藩領各地で百姓《ひゃくしょう》一揆《いっき》が頻発《ひんぱつ》した。

史朝は守旧派の古い家老たちに失政の責任を取らせて罷免《ひめん》し、つぎつぎと新興勢力の若手勤王派を要路に登用した。

若手登用による藩政改革は成功し、新田開発や養蚕《ようさん》などの産業振興により、藩財政は盛り返し、米の生産も回復した。

こうして、万事が順風満帆《じゅんぷうまんぱん》に進みつつあるかに見えたが、史朝の後継ぎがいないことが問題だった。

藩主史朝は世継の男子に恵まれず、正室優子《ゆうこ》、側室柚《ゆず》の方《かた》との間に生まれた子供は、いずれも姫君ばかりだった。

このままでは、正室の長女百合《ゆり》姫に婿養子を迎えるしかない、と思われていた矢先に降って湧いたように、側女の一人都与に待望の男子が誕生したのだった。

史朝はおおいに喜び、都与と赤子小太郎を寵愛《ちょうあい》した。

しかし、その日から奥では、側女の都与に対して、陰湿ないじめが始まった。

それを案じた史朝は、在所に戻るときは、城からあまり遠くない隠れ里に都与親子を匿《かくま》って、そこへ通った。

府内にいるときには、下屋敷に都与を住まわせ、史朝は下城すると、ほぼ毎日のように下屋敷の都与の許に通った。

史朝は都与と小太郎を寵愛するあまり、正室の優子を離縁し、都与を後釜《あとがま》の嫡室に迎えて、小太郎を嫡子として幕府に届けたい旨を側近たちに洩らした。

史朝の意向を知って収まらないのは、正室優子と、その親族である城代を務める藤《とう》堂《どう》一族、それに優子の娘百合姫に婿養子を迎えて世継にしようと画策していた筆頭家老田原守膳《たはらしゆぜん》をはじめとする守旧派だった。

とりわけ激怒したのは、娘の優子を正室に差し出した城代藤堂龍造《りゆうぞう》だった。だが、その怒りの矛先は、藩主の史朝にではなく、史朝の寵愛を受けている都与に向けられた。

他方、藩政改革の急先鋒である家老の小塚正成《こづかまさなり》らは、史朝の意向を支持し、都与の擁護《ようご》に回った。勤王攘夷《じようい》派でもある藩政改革派は小太郎を後継ぎとして擁立《ようりつ》し、将来、小太郎が藩主になったら、佐幕派である守旧派要路を一掃しようと目論《もくろ》んでいた。

そんな中、突然に都与が息子小太郎を連れ、江戸下屋敷を出、雲隠れしたのだ。

はじめは、藤堂龍造や田原守膳ら守旧派たちが、都与と子を拉致《らち》したとか、藩主史朝が腹心の家臣に命じて密かに都与と子を隠れ家に匿ったといった噂が流れたが、そうではなく、都与が誰にも相談せずに、一人で決めて下屋敷から出奔したことが分かり、藩邸はてんやわんやの大騒ぎになった。

史朝はなんとしても都与と小太郎を捜し出し、無事連れ戻すように命じた。

藩政改革派の小塚も擁立しようとしていた嗣子《しし》小太郎がいなくなったとあって、総力を挙げて都与の捜索に乗り出した。

一方、田原守膳や藤堂龍造など守旧派も、密かに配下に都与と子を捜し出すように指令を出した。藩政改革派よりも先に都与と子を見付けて葬《ほうむ》り去ろうというのである。

こうした勤王攘夷派でもある藩政改革派と、佐幕派である守旧派の争いを、さらに複雑にしているのが、幕府の動きだった。

「こうした我が藩の内紛《かいえき》に、幕府は密かに内偵を始めたらしいのです。幕府は、この機に乗じ、我が藩を改易し、殿をどこか遠方の国に転封《てんぽう》しようとしているようなのです」

「それは厄介だな」

文史郎は大栗忠早衛門の心中を察した。

幕府は譜代であれ、親藩《しんぱん》であれ、藩内の不始末に目をつけ、それを口実にして転封や改易を行ない、他藩への見せしめにする。

そうやって、幕府の権威を示し、幕藩体制の強化を図るのだ。目をつけられた藩こそ傍迷惑である。文史郎が藩主だった那須川藩も、幕府から目をつけられぬようにするため、文史郎は内紛を避けて、若隠居することを飲んだ経緯もあった。

殿様稼業も楽ではないのだ。

「……ですから、都与と小太郎の出奔をきっかけにし、三つ巴《みどもえ》の争いが起こりそうなのです。そうした事態にならぬよう、なんとしても都与と小太郎を、どこよりも先に捜し出して身柄を確保し、護《まも》っていただきたいのです」

大粟は、ここまで話し終わり、いったん話を切った。

文史郎は腕組を解いた。

「一つ、おぬしに尋ねておきたい。貴殿は藩のためと申しておるが、いったい誰に頼まれてのことなのだ？」

大粟忠早衛門は一瞬たじろいだ。

「……誰に頼まれたと訊かれましても」

「いえぬというのか？」

文史郎は訝った。

大粟は頭を振った。

「いえ、そういうことではありません。誰それの頼みというよりも、それがしや家内、我が娘など身内の者が心配してのことにござる」

「……身内だと申すのか？」

「実は出奔した都与は、それがしの孫娘、外孫なのでござる」

「外孫娘か。それで都与と呼び捨てにしたわけだな」

文史郎は気になっていたことの一つの合点がいった。

「その方の娘というのは？」

「都与の母親の佐代《さよ》でござる。我が娘佐代は笠井《かさい》家の主才蔵《さいぞう》の許に嫁ぎ、一男一女をもうけました。都与は上の娘にござる」

「なるほど。都与の父親の才蔵は……」

大栗は文史郎が問いを仕舞いまでいう間もなく答えた。

「事情あって、才蔵は亡くなっております」

「事情？」

「藩命により、ある者を上意討ちしたのですが、相手も遣い手で、相討ちとなり、相手ともども死に申した」

大栗忠早衛門は無念という顔をした。

藩命による上意討ちか。

文史郎は、藩に背いたからといって、上意討ちを命じたことはない。

何かよほどの事情があってのことだろう、と文史郎は思った。

「では、才蔵亡きあと、笠井家の家督は息子が継いだわけだな？」

「はい。藩から上意討ちの功績を認められ、笠井家は家禄も五十石加増された上で、息子の為蔵《ためぞう》が後を継いだのですが、如何《いかん》せん、為蔵は元服前の十二歳、まだ後見人を必要とする年齢」

「では、為蔵の後見人は？」

「一応、祖父の笠井九蔵《きゅうぞう》殿なのですが、長患《ながわずら》いで伏せっております。それゆえ、事実上、親族の拙者が、笠井為蔵の後見人をしている次第でござる」

「なるほど。ところで、笠井才蔵は藩において、どのような役職にあったのだ？」

「御納戸組《おなんどぐみ》に就いておりました」

御納戸組は、藩主の側衆《そばしゅう》の一つで、藩主の身近にいて、金銀、衣服、調度などを扱う役だ。時に小姓組《こしょうぐみ》同様、藩主の警固にあたることもある。そのため、普通なら腕が立つ者が選ばれる。

「笠井家の禄高は、いかほどか？」

「いまは三百石でござる」

「ふむ」

家禄三百石といえば、一万八千石の那須川藩のような小藩では上士になるが、六万石の舘林藩なら、中士の身分なのだろう。

「しかし、為蔵はまだ若輩者《じゃくはいもの》ゆえ、すぐに殿のお側衆に就くわけにはいかず、いまは藩校に通い、学問と武芸の修行中にござる」

「若いのだから、そうであろうな」

文史郎はうなずいた。

大栗忠早衛門は座り直し、懐から紙包みを取り出して、文史郎の前に差し出した。

「そういう事情で、剣客相談人様にお願いするにしても、それがしたち身内の者がお支払いするということで、あまり多くを出せるわけではございませぬ。まことに少ないのですが、とりあえず、この十両を用立てていただきたくお願いいたします」

大栗は両手をつき、深々と頭を下げた。

「分かった。お引き受けすると申した以上、お金の問題はない」

「いえ。殿、それは違います。いただく物はいただかないと、この商売はやっていけませんからね」

それまで口を出さずに黙っていた口入れ屋の権兵衛が横からさっと手を伸ばし、紙包みを取った。紙包みを開き、中の小判を確かめた。

「確かに十両ございました。すぐに受け取り証文をお作りします」

「権兵衛殿にも、よろしう、お願いいたします」

大栗忠早衛門は権兵衛にも頭を下げた。

文史郎は大栗に訊いた。

「ところで、都与たちが出奔して、どこへ雲隠れしたのか、何も心当たりはないのか？」

「ないこともないのですが」

「どうして、自分たちで捜さぬ？」

「……それがしたち、誰かから見張られておるのです。迂闊《うかつ》に動けば、相手にも迷惑がかかりましょう。都与たちが狙われるのもまずい。それで、それがしたちは動きが取れず、代わりに剣客相談人様にお願いしたわけでござる」

「誰がおぬしたちを見張っているというのだ？」

「分かりません。おそらく、守旧派の手の者か、あるいは、改革派の手の者か。あるいは、殿の命令を受けたお庭番《にわばん》かもしれません」

さもありなん、と文史郎は思った。

しかし、都与の出奔先について、何か手がかりがないと、捜しようもない。

「その心当たりというのは？」

「笠井才蔵が、若い頃に通っていた直心影流《じきしんかげりゅう》の道場がござった。その道場主長沼心《ながぬましん》斎《さい》殿が、もしかして都与の行方を存じておるのではないか、と」

「ほう。どうしてかな？」

「笠井才蔵と長沼心斎殿は兄弟弟子《でし》で、無二の親友でござった。心斎殿は、稚《おさな》い都与をひどく可愛がっておったという話を聞いた覚えがあるのです。いずれ、大きくなったら、自分の息子の嫁にほしい、とまでいったと聞いていました。ですから、もしや、その心斎殿の許に駆け込んだのではないか、と思うのです」

「なるほど。それはあたってみる価値がありそうだな」

「ただし、笠井才蔵と長沼心斎殿の間で、仲が良かった時期があったものの、何があったかは分かりませんが、ある時から二人は疎遠になり、犬猿の仲になったともいわれているのです。しかし、心斎殿は親同士がそうなっても、都与に対しては別という気がします」

「その道場というのは、どちらにあるのだ？」

「駒込《こまごめ》あたりとお聞きしておりましたな」

「ちなみに、都与と小太郎が住んでいた江戸下屋敷は、どちらにあるのかな？」

「雑司《ぞうし》が谷《や》でござる」

「なるほど。雑司が谷と駒込なら、それほど遠くはない。女の足でも十分に歩けるのう」

文史郎は権兵衛と顔を見合わせた。権兵衛はうなずいた。

「そうでございますな。おそらく駕籠《かご》を使ったと思いますが」

「駕籠舁《か》きにあたっても、行方が分かるかもしれぬな」

文史郎は大栗忠早衛門に向き直った。

「ともあれ、それがしたちが引き受けた以上、なんとか都与と小太郎を捜し出す。大船に乗ったつもりで、待たれよ。いいな」

「ありがとうございます。どうぞ、よろしうお願いいたします」

大栗忠早衛門は再び頭を深々と下げた。

六

文史郎は権兵衛と連れ立って、安兵衛店の長屋に戻った。

「お殿様、あのような安い仕事をお引き受けいただき、申し訳ありませんな」

「いや、いい。いくら中老という要職にあろうとも、自腹を切るとすれば、十両は大金だ。それだけ大栗忠早衛門も切羽詰《せっぱつま》まってのことであろう」

「さようでございますな。殿、お茶でも淹れましょうか」

「うむ。頼もうか」

「少々お待ちください」

権兵衛は長屋に入ると、そそくさと台所に立った。

文史郎は刀を刀掛けに架け、薄い座布団に胡座《あぐら》をかいた。

落ち着いて間もなく、あたふたと左衛門が帰って来た。

「殿、殿、たいへんでござる」

左衛門はしかめ面で草履《ぞうり》を脱ぎ、文史郎の前に座った。

「いったい、どうしたというのだ？」

「ほんとにとんでもない話でして」

権兵衛が台所から出て来て、湯呑み茶碗を文史郎の前に置いた。

「左衛門様、お帰りなさい。お茶を飲みますかな？」

「おう、権兵衛殿もいらしたか。ちょうどよかった」

そこへ今度は大きな足音を立てて、大門甚兵衛が長屋に入って来た。

「殿、殿、たいへんでござる」

大門も顔面を強ばらせていた。

権兵衛が台所から顔を出した。

「大門様もお茶を飲みますかな」

「あ、権兵衛殿、かたじけない。その前に水を一杯所望《しょもう》できますかな」

「はいはい」

権兵衛は水桶《みずおけ》から杓《ひしゃく》で水を掬《すく》い上げ、大門に手渡した。大門は息もつかず、喉を鳴らして杓の水を干し上げた。

「いったい、二人とも、どうしたというのだ。そのあわてぶりは？」

文史郎は笑いながら訊いた。

左衛門は憤然としていった。

「殿、どうもこうもありません。偽殿一味が、それがしたちになりすまして、用心棒の仕事を引き受けておるのでござる。それも権兵衛殿が持ってきた用心棒の話のほとんどすべてを横取りしているのでござる。けしからんことではありませんか」

大門がお茶を啜りながら腹立たしげにいった。

「左衛門殿の方もそうだったか。拙者の方も軒並み、偽者たちに先を越されてしまい、あとから行ったそれがしは、反対に偽者扱いされ、塩まで撒かれた」

「なに、塩まで撒かれたと？　爺もでござった。殿、けしからんではありませぬか、偽者が本物と見られ、本物の爺たちが偽者扱いされるなんて。いくら相手にあちらが偽者だといっても、あちらの方が本物らしいと逆にいわれる始末。もう情けなくて情けなくて……」

「ははは。そうか。おぬしたちよりも、あちらの方が本物に見えるか」

文史郎は愉快そうに笑った。左衛門は苦々しくいった。

「殿、笑っている場合ではありませんぞ。殿さえも、偽殿の方が風格があり、威厳もあって、いかにも殿様らしいといっていましたからな」

大門もうなずいた。

「ほんとですよ。殿、笑い事ではありませんぞ。このままでは、本物の沽券《こけん》に関わる事態ですぞ」

「やはり、そうでしたか」

権兵衛が文史郎の傍らに座りながらいった。

大門が訝った。

「権兵衛、何がそうでしたかだ？　おぬし、それと知っていて、拙者たちに用心棒の仕事を紹介したのか？」

「なんですか。知っておったというのですか。それこそけしからん」

左衛門もむっとした顔で権兵衛を睨んだ。

権兵衛は慌てて手を振った。

「いや、知っておったわけではないのです。ただ、口入れ屋の小泉屋の動きが妙に早くて、うちも大きな仕事をいくつか小泉屋に奪われたので、もしかして、うちに来ている用心棒の話も、小泉屋が先に紹介しているのではないか、と思っただけです」

「ほう。そんなことが起こっているのか」

文史郎は煙草盆《たばこぼん》を引き寄せ、莨《たばこ》をキセルの火皿に詰めた。

「はい。殿、用心棒の件も、うちへ来たばかりの話です。だが、それを小泉屋が横取りしたとなると、どこかで話の種が洩れているのやもしれません」

左衛門が口を尖らせた。

「それも、殿、偽者たちが厄除けまがいの御札まで売り付けているというのはほんとうの話でした」

「そう。拙者が訪ねた店は、いずれも、店先に、どんと札を貼ってあった。『剣客相談人御立寄所』ですよ。それなのに、店の番頭や手代たちは拙者を偽の剣客相談人扱いをしおって、慇懃無礼に店先から追い払う」

大門は忿懣やるかたないという風情でいった。

文史郎はにやにや笑いながら、権兵衛を見た。

「権兵衛、どうしたものかのう？」

「これは深刻な問題ですぞ。商売仇というよりも、偽者を使っての邪魔立てといってもいいですからな。即刻、小泉屋に談判して、本物はこちらの若月丹波守清胤様だとねじ込み、偽者たちを駆逐《くちく》せねばなりますまい」

「それで引き下がる連中だと思うか？」

「殿は平気なのですか？」左衛門が訝った。

大門も息巻いた。

「偽者をとっ捕まえて、この手で懲らしめてやりましょうぞ」

文史郎は、大門や左衛門、権兵衛を見回しながらいった。

「いましばし待て。いったい偽殿たちは何をやろうとしているのか、もう少し見極めてからでも遅くはないだろう」

「このまま、放っておけとおっしゃるのでござるか？」

「様子を見よう。下手に騒いで、真贋《しんがん》争いをしてもつまらぬ。いずれ、偽者連中は馬脚を現すだろう。何か、裏があるような気がする」

「裏と申しますと？」左衛門が訊いた。

「偽者たちは、あえて余たちに挑むようにして、用心棒を横取りしたり、あちらこちらで問題を起こしている。何か、目的があってのことだろう」

「殿、どのような？」

「分からぬから、しばらく、じっと様子を窺おうというのだ」

権兵衛がうなずいた。

「分かりました。そういうことでしたら、権兵衛も、殿のご意向を尊重して、小泉屋たちが何を企《たくら》んでいるのか、様子を見ることにいたしましょう」

「しかし……のう、大門殿」

左衛門は大門と顔を見合わせた。大門も渋い顔をして考え込んだ。

「確かにいわれてみれば、妙ですなあ。なぜか、わざと我々を挑発しているみたいにも見える」

「大門も、そう思うであろう？」

「しかし、殿、このままでは、剣客相談人の名を悪用された上に、それがしたちの飯の食い上げになりましょうぞ。爺としては日々の稼ぎがないと……」

　文史郎は権兵衛を見た。

「それはそれ、偽殿連中が受けていない仕事もある。さほど大きな仕事ではないが、人助けだ。金儲けが主の偽殿たちは、絶対に手を出さないだろう仕事だ。しばらくは、それをやる。そのうちに、何か、分かってこよう」

「例の人捜しですか？」

「うむ。権兵衛、二人に話してやってくれ」

「はい。畏まりました」

　権兵衛はうなずき、依頼された仕事やいきさつを話しはじめた。

七

　夜も深々と更けていく。

　書院の中を照らす蠟燭《ろうそく》の炎が、かすかに揺れた。

　田丸兵衛助《たまるひょうえのすけ》は、ふと書き付けていた筆を止めた。

「誰か？」

襖の向こう側に人の気配がした。

「貫兵衛《かんべえ》にございます」

くぐもった声が返った。

「うむ。貫兵衛か、入れ」

襖が音もなく引き開けられ、初老の侍が膝行《しっこう》して書院に入った。すぐに襖を閉める。

「しばし、待て」

「はっ」

田丸はさらさらと書状を認《したた》め、毛筆を硯箱に戻した。書状の文面に目を通しながら、これでよし、とうなずいた。

田丸は書状を封書に包み、机の上に置いた。おもむろに振り向いた。

菅野《すがの》貫兵衛が書院の隅に正座していた。

「もそっと、近こう寄れ。話が見えぬ」

「はっ」

貫兵衛は膝行して田丸の前に進んだ。

「それで、首尾は？」

「一つを除いては、すべて上々にございます」

「その一つと申すのはなんだ？」

「久坂にございます。失敗したとのよし」

「そうか、久坂幻次郎にも斬れなかったというのか」

田丸は頭を振った。

「ま、致し方あるまい。相手も相手だ。そう簡単には斬れまいて」

「しかし、久坂によれば、大館の太刀筋は見極めたとのことです」

「そうか、それならば、次は勝てそうだな」

「はっ。次の機会には、必ず討つと」

「うむ。それでよかろう。なにも焦ることでもない」

田丸は腕組をし、貫兵衛を見つめた。

「ところで、ほかの首尾は、うまく行ったのだな」

「はっ。万事順調にございます。田丸様のご指示の通り、みな剣客相談人、長屋の殿様一同を騙り、うまく立ち回っております」

「そうか。判沢《はんざわ》は、もともと殿様の血筋を引いておるし、風貌からして高貴な出のようだから、若月丹波守清胤と名乗っても、少しも遜色《そんしょく》はあるまい」

「はっ。判沢慶次郎《けいじろう》もすっかり殿様気分を味わっている様子です。仕草も言葉遣いも本物以上に本物らしく、堂々としております」

田丸はにやにやと笑った。

「そうか。で、爺は？」

「はい、見田宗衛門《みたそうえもん》も、風貌からして、すっかりお殿様の傅役になりきっております。口喧《くちやかま》しい爺役にはまって」

「そうだろうの。宗衛門はもともと若様の傅役をしたことがあるからな。適役といえば、これほどの適役もあるまいて」

田丸は頭を振った。

「熊野大介《くまのだいすけ》もまた慣れぬ髯を生やし、役柄を楽しんでおるようです。先頃は、女まで作って」

「ほほう」

「女から熊さんの愛称で呼ばれるほどで、大門役を楽しんでおるようです」

「で、相談人の仕事の方は？」

「飯田屋をはじめ、日本橋の主な大店は、軒並み、判沢たちに用心棒の仕事を依頼したようでございます」

「ほほう」

「ちょいとばかり、細工をいたしまして」

「どのような？」

「事前に、手下の荒くれ者を店に送らせて、少々ごねさせます。そこに判沢たちが乗り込み、適当に手下たちを追い払う。その繰り返しでございます。その噂が広まり、判沢たち殿様一同は、どこへ行っても歓迎されております」

貫兵衛はにんまりと笑った。

「で、若月丹波守清胤たちの動きは？」

「面食らっているようでございます」

「どのように？」

田丸は笑った。

「どの店に行っても、判沢たちが先回りしており、用心棒の仕事は全部押さえてしまっています。そして、彼らは偽者扱いになっている。中には塩を撒いた店もあるらしい」

「ほほう、それは気の毒にのう」

田丸は愉快そうに笑った。

「田丸様、気の毒などと同情なさっては駄目ですぞ。若月丹波守清胤たちに、剣客相談人の、長屋の殿様などといっていられないようにするのですから」

「うむ。分かった。それはそうと、肝心の方策は、うまくいっておるのだろうな」

「それが、思わぬ変事がありまして」

「ほう。どのような？」

田丸が訝った。

「突然、史朝殿の側女都与が世継となる嗣子を連れて、姿を消したのです」

「なにい？　いったい、誰の仕業だ？　まさか、城代が先走ったのではあるまいな」

「いえ、城代の藤堂龍造も寝耳に水だったようです」

「では、業《ごう》をにやした田原守膳たちがやったのか？」

「目下、手の者に調べさせておりますが、どうも筆頭家老たちの仕業でもないようなのです」

「ほう、なぜそう思う？」

「藤堂も筆頭家老田原も、お庭番や配下の者に、都与親子の捜索を指令しておるのです。都与親子を見付け次第、密かに始末するよう申し付けているところを見ると、どうも彼らの仕業ではないようなのです」

田丸は目を剝いた。

「まさか、藩主の史朝自らが、危険を察知して、都与親子をどこかへ匿ったというのか？」

「そうとも思ったのですが、史朝殿の身辺も慌ただしいのです。史朝殿も腹心たちに都与親子を、ほかの者たちよりも先に見付けるように下知《げち》しておりました。見付け次第に匿い、護るように申し付けておりますので、史朝殿の意を受けた者の仕業ではない、と思われます」

「では、勤王攘夷派の要路たちが先手を取ったというのか？」

「いえ、それも違うようなのです」

「違うだと？」

「はい。勤王攘夷派の家老小塚正成たちも慌てふためき、配下の者に、なんとしても田原守膳や城代たちよりも先に都与親子を捜し出して保護しろと命じています。彼らも都与親子の行方を知らないようなのです」

「どういうことなのだ？」

「はい。いま、手の者に調べさせておりますが、親族の者も、都与の行方を捜しており、どうやら、都与自身が誰にも告げずに下屋敷を出て、出奔したようなのです」

「本人が子供を連れて姿を消したというのか？」

田丸は目を細めて貫兵衛を見つめた。

貫兵衛はうなずいた。

「おそらく。都与の笠井家の者たちも、史朝殿に行方を問われてあたふたしております。目下、手の者に都与の母の実家である大栗家を探らせていますが、祖父大栗忠早衛門も家人に都与の行方を捜すように指示しており、知らない様子です」

「ふうむ。しかし、考えようによっては、都合がよくなったともいえそうだな。期せずして、舘林藩処分を早める口実ができたようなものだな」

「左様で」

「これで舘林藩の内紛に火を点ければ、いつでも介入できる。もし、大目付《おおめつけ》たちが気付かずにいたり、気付いても何もせず動かなかったら、早速に上様に申し上げて、罷免させることができるというものだのう」

「そうなりましたら、田丸様の意中の者を大目付に就けて、天下は田丸様の意のままになりましょうぞ」

貫兵衛はにんまりと笑った。

田丸もほくそ笑んだ。

「貫兵衛、おぬしは策士じゃのう。よくぞ悪知恵が働くものだ。すべては、おぬしが考え出したことだからな」

「滅相もない。これは何もかも、田丸様がお心の中でお考えだったこと。拙者は、たまたま田丸様の意中を察して、いくつか助言を申し上げただけでござる」

「謙遜するな、貫兵衛。おぬしの功績は、それがしが高く買っておる。これまで以上に、それがしが、御側御用取次《おそばごようとりつぎ》として幕府の実権を握ったら、貫兵衛を幕閣の一人に引き上げようぞ」

「よろしう、お願いいたします。田丸様」

貫兵衛はうれしそうにうなずいた。

田丸が釘を差すようにいった。

「貫兵衛、まだ喜ぶのは早いのではないか。最後の段取りだが大丈夫なのか？」

「ご安心ください。それは抜かりなく。すでに藤堂の耳に入れてあります。切羽詰まった藤堂は必ず乗ってくるかと」

「ならばいい」

「そのために、判沢たちを偽殿に仕立てたのですからな。十分に働いてもらわねば」

「判沢たちに伝えよ。十分に働いてくれた暁《あかつき》には、判沢たちを重臣に取り立て、褒《ほう》美《び》を取らせるとな」

「分かりました。判沢たちにそう伝えます。きっと判沢たちも大いにやる気を出すことでしょう」

貫兵衛は笑みを浮かべながら、田丸に頭を下げた。

第三話　陰謀の館

一

朝、文史郎は大門と連れ立って、大瀧《おおたき》道場へ稽古《けいこ》に出掛けた。

このところ、毎朝、素振りや形《かた》の一人稽古はしているものの、相手と打ち合う掛かり稽古や稽古試合をしていない。そのため、どうも躯がなまっているように感じてならなかった。

大瀧道場の玄関先から、気合いや竹刀《しない》を打ち合う音、床を踏み鳴らす音が響いてくる。

一際甲高い裂帛《れっぱく》の気合いは、女道場主の弥生《やよい》の声だ。

「おう、やってるやってるのう」

大門はうれしそうに髯を撫で、草履を脱いで式台《しきだい》に上がった。

文史郎も大門に続いた。

道場の中では、大勢の門弟たちが掛かり稽古をしていた。

高弟の一人、高井真彦《たかいまさひこ》が目敏く、大門と文史郎を見て稽古を中止し、迎えに出た。

「いらっしゃい。お久しぶりですね」

「そうだったか」

大門は道場の床にどっかりと座った。

高井は文史郎にいった。

「殿も、なかなか道場にお見えにならないので、弥生様が心配なされていました」

「おう、そうか」

「殿たちの噂が流れておりましてね、それで弥生様はやきもきなさっていたのです」

「わしらの噂だと？　どんな噂だ？」

「どこそこの大店で、押し入った強盗を撃退したとか、金蔵破りを防いだとか、瓦版にまで書かれていましたね」

「ははは、あれか。あれは、拙者たちの偽者だ。わしらではない」

大門は頭を搔いた。

「ご冗談を」

高井は取り合わなかった。大門はにやりと笑い、高井にいった。

「久しぶりだ。軀がなまっていかん。拙者の稽古の相手をしてくれぬか」

「喜んで、お相手させていただきます」

高井は大門に頭を下げた。

大門は高井とともに、竹刀を手に道場に踏み出した。

「あ、弥生殿」

「大門様、しばらくですね」

弥生が面を脱ぎながら小走りにやって来た。

大門は、面を被り稽古の用意をしている高井に手で制した。

「高井、ちと待て」

「はあ？　稽古は？」

「あとだ、あとにしよう」

大門は竹刀を携《たずさ》え、弥生を迎えた。

弥生は大門と文史郎に頭を下げた。

稽古着姿の弥生は、凛凛《りり》しく、一段と美しい。大門は見蕩《みと》れていた。

「弥生殿は、あいかわらず、お美しい」

「まあ、大門様、あいかわらず、ですね」

弥生は目で睨む仕草をした。それから、文史郎に振り向いた。

「殿、よくぞ、御出くださいました」

弥生は顔を上気させ、うれしそうに笑った。額に貼り付いた毛を気にして、急いで手拭いで汗を拭った。

ほんのりと芳《かぐわ》しい化粧の匂いが弥生の軀から発散している。

「弥生も元気に稽古しておるようだな」

「はい。殿、大門様も、どうぞ、あちらの見所《けんぞ》へ」

弥生は正面の見所を手で差した。大門は大きくうなずいた。

「おう。あちらのう」

「うむ」

文史郎は弥生や大門とともに見所に歩み寄り、八幡大明神《はちまんだいみょうじん》を祀《まつ》った神棚に一礼してから見所の畳に正座した。

弥生が文史郎の隣に正座し、乱れた髪を整えはじめた。

大門はいそいそと弥生の近くに胡座をかいて座った。

「殿、ようこそ。御越しくださいました」

師範代の武田広之進《たけだひろのしん》も稽古をやめ、見所にいる文史郎に挨拶した。

高弟の藤原鉄之介《ふじわらてつのすけ》、北村左仲《きたむらさちゅう》も、いったん稽古を中断し、見所の文史郎と大門に一礼した。

「お殿様たちの武勇談、みんなでおもしろがって話していたんですよ」

「弥生、残念ながら、あれはそれがしたちではない」

文史郎は頭を振った。大門がすかさずいった。

「そうそう。弥生殿、あれは剣客相談人の偽者だ。拙者たちも、あれでだいぶ迷惑を受けている」

「え？　まさか。偽者だなんて、ご謙遜なさっておられるのでしょう？」

「ほんとの話だ。うそではない」

文史郎は笑顔でいった。大門も付け加えた。

「弥生殿、ほんとうに、拙者たちではないのだ。どうやら、偽者が勝手に拙者たちの名を騙って横行しておる」

「どうして放っておくのです？」

「どこにいるのか分からないし、本物のわしらが、わざわざ相手を探して乗り込むのも、妙な話ではないか。あちらから詫びの一つでもいって来るのが筋というものだろう。だから、いまのところ静観しているのだ」

大門がいった。

「いや、殿など、えらく迷惑している。先日も、長屋に殿の子を産んだと称して、娘が押し掛けて来た」

「まあ、なんですって？　ほんとですか？」

弥生は大きな瞳で文史郎を睨んだ。

「だから、それは偽者の殿が手をつけた娘でな、それがしではない」

「ほんとに？」

弥生は大門を見た。大門は笑いながらうなずいた。

「そ、殿はとんだとばっちりを受けたところ。その娘の子は殿の子ではなかった。だけど、いっしょに訪ねて来た親に頼まれ、殿は名付け親になったがのう」

「まあ、殿はお人が好いこと」

弥生はほっと安堵《あんど》したように笑った。

「じゃあ、大門様の噂も、もしかして嘘だというのですか？」

「どのような？」

「このところ、大門様がいろいろなところで道場破りをなさっているように聞きましたけど」

「ああ、それは、拙者も聞いたことがある。だが、拙者ではない。やはり、拙者の偽者がやっていることだ」

「でも、髯を生やした大門様らしい浪人者が、町のいくつかの道場を荒らして、看板を持ち帰っているという噂でしたよ。看板を返してもらいたくば、しかるべき金を払えと。それでだいぶ大門様の評判は落ちています」

「拙者ではない。ひどく迷惑しておる」

「だったら、安心しました。大門様にしては、少し吝嗇《りんしょく》な話だと思っていましたから」

弥生はほっとした顔になった。

道場の玄関先から左衛門の顔が覗いた。

「お、左衛門殿が来た」

大門はさっと手を上げ、左衛門に手招きした。

左衛門は連れに何ごとかをいい、式台に上がった。町人姿の若い男を従えている。

左衛門は見所に来ると、弥生に挨拶をし、文史郎にいった。

「殿、玉吉《たまきち》を連れて来ました」

「おう、玉吉、よく来てくれた」

文史郎はさっそくに玉吉を近くに寄せた。

玉吉は腰を折り、道場の床に正座した。

「殿様、何か御用ですかい？」

「玉吉、調べてほしいことがある」

文史郎は玉吉にこれまでのいきさつを話した。

玉吉は文史郎が松平家《まつだいらけ》にいたころ、屋敷に詰めていた中間《ちゅうげん》だった。中間とはいえ、実はお庭番で、いまは引退して、船頭をしている男だ。

「わしらが軽々しく動くと目立つ。済まぬが、玉吉、手の者を動かし、偽者たちの正体を調べ上げてほしいのだ」

「分かりやした」

「少ないが、とりあえずの手当てを出そう」

文史郎は左衛門に目配せした。左衛門はうなずき、懐から紙包みを取り出し、玉吉に渡した。

「ここへ来る途中、左衛門様からも、いろいろ伺いました。あっしも、いろいろな噂を聞き、妙だな、お殿様たちにしては派手なことをなさっておられるな、と思っていたところでした」

玉吉は笑いながら、懐に紙包みをねじ込んだ。

文史郎は玉吉にいった。

「いいのか？　いくら入っているのか、確かめなくても？」

「あっしは、憚《はばか》りながら、金のためにやるんじゃねえんで。お殿様のご命令とあれば、たとえ、ただでも働きやすんで」

玉吉はにっと笑った。

突然、玄関先で大音声《だいおんじよう》が轟《とどろ》いた。

「頼もう！　誰かおらぬか？」

「どーれ」

高井真彦が玄関先の式台に急いだ。

「拙者、大門甚兵衛と申す。当道場の評判を聞き、ぜひとも、道場主大瀧殿の御指南を一手でもいただきたく参上仕った。どうぞ、当道場主にお取り次ぎ願いたい……」

「なにい、拙者の偽者が現れたというのか！　おのれ、許せぬ」

大門が血相を変え、立ち上がろうとした。

文史郎は大門の肩に手を載せて、押さえた。

「待て。大門、おぬし、隠れておれ。余に考えありだ」

「なんですと?」

「いいから、余が呼ぶまで、しばし、隠れておれ」

文史郎は大門を見所の斜め後ろにある戸口に押しやった。

「……本道場では、他流試合は厳禁されております……」

高井の応対する声が聞こえた。

「なに、拙者、大門の名を聞いて、怖《お》じ気《け》づいたか。笑止《しょうし》笑止……」

偽大門の高笑《こうしょう》が聞こえた。

弥生が文史郎に向いた。

「いかがいたしましょう?」

「飛んで灯に入る夏の虫だ。よくぞ参った。本物の大門と立ち合わせようぞ。弥生、余が道場主役をいたす。連れて参れ」

「分かりました。では」

弥生は立ち上がり、急ぎ足で玄関先に向かった。

「爺、おぬしも」

文史郎は左衛門に玄関へ行けと目で合図した。

「偽者を逃がすな」

「お任せあれ」

文史郎は玉吉に向いた。

「玉吉、偽者たちが引き揚げようとしたら、どこへ行くのか、うまく尾行しろ」

「分かりました」

玉吉も素早く立ち上がり、道場の裏口へと消えた。

「……分かりました。では、道場主の許へ案内いたす。お上がりくだされ」

弥生が返事をする声が聞こえた。

「なに、ここの道場主は、おぬしのような美しい女子だと聞いたが」

偽大門も本物同様、美女に弱いらしい、と文史郎は苦笑いした。

「さあ、どうぞ。ご家来衆も上がってくだされ」

左衛門の大声も聞こえた。

やがて、弥生と左衛門に案内された侍たちが、式台から控えの間に、のっそりと姿を現した。

一人は真っ黒な頬髯の大柄な男だった。その後ろに二人の若い供侍が従っている。

その後ろから戸惑った顔の高井がついて来る。

髯を蓄えた大男は、弥生が顔を出し、急転直下、他流試合の申し込みが受け入れられたので、拍子抜けした様子だった。

「弥生殿、これは、どういうことで」

師範代の武田広之進は稽古をやめ、髯男たちに向いた。

文史郎は大声で武田にいった。

「師範代、いい。わしが他流試合を受けようといったのだ」

弥生も武田にうなずいた。

「そう。師範代、ここは道場主の意向に従って」

「道場主ですと？」

武田は面食らった様子で、文史郎を振り向いた。

「師範代、皆に稽古をやめるようにいいなさい」

文史郎は見所に座り、道場主らしく振る舞った。

「は、はい」

武田は事情がよく飲み込めなかった様子だが、道場で稽古をしている門弟たちに大声でいった。

「皆、やめ。稽古をやめ」

その声に門弟たちは、一斉に稽古をやめた。

文史郎が叫ぶようにいった。

「これより、特別に他流試合の申し込みを受け入れ、模範試合を行なう。皆、席に着いて見学するように」

門弟たちは顔を見合わせながら、壁際に引いて座った。

頰髯は、本物の大門よりも濃い。剝き出しになった腕にも剛毛がびっしりと生えており、確かに熊を思わせるような厳《いか》つい相貌をしている。だが、意外に目が小さく優しい目付きをしている。

文史郎は、静かに控えている二人の供侍の様子も窺った。二人とも穏やかな物腰だが、かなりの手練《てだれ》と見受けられた。

「おぬしが、道場主か？」

偽大門は、熊のような大柄な体格に似合わず、少しおどおどしていた。

「いかにも。当道場主の大館だ」

文史郎はうなずいた。弥生が笑いを堪えながら、文史郎の隣に座った。

文史郎は偽大門にいった。

「大門とやら、おぬしの流派は何か？」

「拙者の流派は、無手勝流《むてかつ》でござる」

偽大門は鷹揚《おうよう》に答えた。

ほう、本物と似たようなことをいう、と文史郎は偽大門を見た。

「では、一手御指南お願いいたしたいが」

「よかろう。だが、それがしが立ち合う前に、おぬしと立ち合わせたい御仁がおる。その者に勝ったら、それがしが立ち合おう」

「拙者の腕試しをしようというのか？」

「しかり。おぬしが口ほどもない腕前であったら、わしと立ち合うのも無用なのでな」

「よかろう。よくぞ、いった。さあ、拙者と立ち合う者は、どいつだな？」

偽大門は虚勢を張り、武田や高井たち門弟をじろりと威嚇《いかく》するように見回した。

「おい、大門、出て来てもいいぞ」

文史郎は後ろに声をかけた。

「おう、待っておりました」

大門は怒りを孕《はら》んだ顔で、後ろの戸口からのっそりと現れた。

「うっ」

偽大門は一瞬、たじろいだ。

左右に控えていた供侍たちが、一気に剣気を放って、偽大門を庇《かば》うように前に出た。

大刀の柄《つか》に手をかけ、文史郎たちの前に進み出た。

「おのれ、謀《はか》ったな」

偽大門が叫んだ。

「なにをいうか、偽者め」

大門はつかつかと偽大門の前に進み出た。

偽大門は、本物の大門よりも、頭半分背丈が高かった。軀も一回り大きい。

なるほど、お駒がいっていたように、風格もある。二人並んで見ると、偽大門も本物と見紛《みまが》うほどにどっしりとしていた。

偽大門は居直ったのか、先ほどまでのおずおずした態度はなくなり、胸を張っていった。

「拙者こそ、本物の大門甚兵衛。おぬしこそ、偽者だ」

「本物の拙者を前にして、盗人猛々《ぬすっとたけだけ》しい。さあ、尋常に勝負しろ」

「よかろう。真剣で来い」

「いいだろう。しかし、拙者は木刀でいい」

「ほう、臆したか」

「偽者め、おぬしは真剣でもいい。おぬし相手に真剣を遣うほどのことはない。拙者は木刀で結構だ」

「おもしろい。よかろう」

文史郎が立って、偽大門を制した。

「待て、ここは神聖なる道場だ。真剣による決闘は禁じる。木刀で勝負しろ」

「……よかろう。木刀で立ち合おう」

偽大門もしぶしぶと同意した。

「判じ役は、それがしが務める」

文史郎は偽大門と大門の双方に告げた。

「もし、双方とも卑怯な振る舞いをした場合は、拙者が相手をいたす」

二人は木刀を取り、蹲踞《そんきょ》の姿勢で向かい合った。

「勝負は一本。始め！」

文史郎は袋竹刀を手に、大声で宣した。

二人はすっと立ち上がり、間合いを取った。

互いに相青眼の構えだ。

文史郎は双方の力量を見比べた。

偽大門も結構腕が立つと見た。堂々とした姿勢で本物の大門に立ち向かっている。

一方の大門は、いつもの通り、飄々《ひょうひょう》として自然体の構えだ。一見、隙だらけだが、それは見かけだけ。

相手が先《せん》を取ろうと隙を突けば、大門は後の先《ごせん》を取って相手を仕留める。

偽大門は、じりじりと焦りはじめた。

大門の一見隙だらけの構えに、容易ならぬ罠《わな》が仕掛けられているのを見破ったためだ。

大門の右足がすーっと滑るように右に動いた。

瞬間、偽大門の軀が動き、木刀が一閃《いっせん》して大門の面を襲った。

裂帛の気合いがかかった。

大門は、まるで予期していたかのように、木刀で偽大門の木刀を受け流した。

木刀と木刀の打ち合う音が甲高く響いた。

大門の軀が飛鳥《ひちょう》のように偽大門に向かって跳んだ。偽大門は大門の体当たりを避けられず、体が崩れた。

すかさず、大門は偽大門に足払いをかけた。偽大門の大柄な軀が床にどうっと倒れた。

大門は木刀で偽大門の木刀を撥《は》ね飛ばした。

偽大門の木刀は吹き飛び、固唾《かたず》を呑んで見ている門弟たちの中に飛び込んだ。

悲鳴が上がった。木刀は道場の板壁に当たって転がった。

大門は転がった偽大門の頭上に、木刀を振り下ろした。

「待て！　そこまで」

文史郎が怒鳴った。

大門の木刀は偽大門の顔の寸前でぴたりと止まった。

「本物の大門の勝ち」

文史郎が大声で宣した。

二人の供侍の軀が動いた。二人とも抜刀し、左右から大門に斬りかかろうとした。

「弥生！」

文史郎は叫びながら、右手の供侍に突進し、袋竹刀で刀を叩き下ろした。供侍はくるりと体《たい》を回し、すかさず文史郎に斬ってかかった。

ほとんど同時に弥生も動き、もう一人の供侍に木刀で打突するのが見えた。

文史郎は袋竹刀で供侍の小手《こて》をしたたかに打った。供侍はたまらず刀を落とした。

ついで文史郎は相手の顔面を連打した。供侍は小刀を抜いたが、思わず顔を背けた。

その一瞬を逃さず文史郎は袋竹刀を供侍の喉元に突き入れた。

供侍の軀は吹き飛んで床に転がった。小刀を落とし、両手で喉を抑えながら、目を白黒させて喘《あえ》いでいる。

文史郎は残心《ざんしん》の構えを取りながら、弥生に目をやった。

弥生の足許には、もう一人の供侍が倒れていた。身動《みじろ》ぎもしない。

弥生はにこりともせず、倒れた供侍を見下ろしていた。なお、起き上がって立ち向かおうとしたら、さらに打ち据える構えだ。

師範代の武田広之進が、倒れた供侍に駆け寄った。

「こっちはすっかり落ちてますね」

左衛門が喉元を押さえて苦しんでいる供侍に駆け寄った。

「おい、しっかりしろ」

左衛門は喘いでいる供侍の背をとんとんと叩きながら介抱した。

文史郎は袋竹刀を下ろしていった。

「そやつら、控えの間に連れて行って介抱してやれ」

行った。

「はっ」

武田の指示で、門弟たちが供侍たちに駆け寄り、手足を取って、控えの間に連れて行った。

「殿、お怪我は？」

大門が偽大門に木刀を突き付けたままいった。

「大丈夫だ。心配無用」

「殿、こやつ、どうしましょうかね」

大門がにやにやしながら、偽大門に木刀を突き付けながらいった。

「おい、偽者、これで、それがしが本物であることを認めるだろうな」

「……は、はい」

偽大門はおどおどしながら、文史郎を見上げた。

「殿と申されると……もしや」

左衛門が傍らからいった。

「そうだ。こちらに居られるのは、正真正銘の長屋の殿様、剣客相談人の若月丹波守清胤様改め大館文史郎様だ。畏れ入ったか」

「ははあ、これはこれは、ご無礼申し上げました」

偽大門は、その場に平伏した。

「偽大門、面《おもて》を上げい」

偽大門は恐る恐る頭を上げ、左衛門を見つめた。

「それでは、ご老体、あなた様が……」

「ご老体はないだろう」

左衛門は不機嫌な顔をした。

「それがしが、本物の篠塚左衛門だ」

「これはこれは、お殿様や傅役左衛門様に、ここでお目にかかるとは。ご無礼いたしました」

大門は怒鳴り付けた。

「ほんとうに無礼なやつだ。お殿様やわしらの名を騙って行なった数々の所業、どうしてくれようか」

「申し訳ありません。これには訳が……」

文史郎は偽大門を見下ろした。

「その訳とはなんだ？」

「それは、申し上げられませぬ。たとえ、どんなに責められても、拙者の口から申し上げることはできませぬ」

偽大門は大きな軀を小さくしていった。肩が小刻みに震えていた。

この偽大門は、意外に軀に似合わず小心者で、気がいいのかもしれないと文史郎は思った。

大門は木刀を突き付けた。

「おぬしは、何者だ？」

「……それも勘弁してくだされ」

偽大門は顔を伏せた。

文史郎は左衛門や大門と顔を見合わせた。

左衛門が冷たくいった。

「こやつ、木にでも吊して、少々痛い目に遭《あ》わせてやりましょう。そうすれば、少しは口を開くかもしれませんぞ」

「この図体の大きな男を吊すとしたら、たいへんでござろう。いっそのこと、橋の欄《らん》干《かん》から大川に吊して、水責めにしたらばいいのでは？」

大門もにやにや笑いながらいった。

大門も左衛門も本気ではない。

偽大門はますます軀を小さくし、肩を震わせた。

文史郎は偽大門の前にしゃがみ込んだ。偽大門は小さな目でおどおどしながら、文史郎と目を合わせた。

「おぬしのこと、玉屋の早百合という御女中が心配しておったぞ」

「………」

「おぬしが熊さんで、早百合がうさぎか」

「……どうして、うさぎ、いや早百合のことを？」

「存じているのか、というのか？」

「………」

偽大門は項垂《うなだ》れた。

大門も文史郎の傍らにしゃがんだ。

「本物の拙者のところへ訪ねてきたんだ。おぬし、あんないい女を拙者の名で騙すとは、けしからん。おぬしの代わりに本物の拙者がうさぎを身請けしてもいいのだぞ」

大門はいいながら、弥生が見ているのに気付き、こほんと咳をした。

「もちろん、拙者はそんなことはせんがのう」

文史郎は笑いながらいった。

「早百合は、おぬしが偽者の大門とは知らずに待っておるぞ。本所に二人で住める家を見付けたと申しておったが」

「…………」

「おぬしにも、武士として、軽々しくは話せない事情があるのだろう。今日のところは、あの早百合に免じて勘弁してやろう」

「殿、そんなことで許してしまうとは」

大門が慌てていった。

左衛門も止めた。

「殿、せっかく偽大門を捕まえたのに、放してしまうなんて、勿体《もったい》ない」

「爺、大門、こやつも武士だ。武士の面子《メンツ》があろう。おそらく、こやつ、死んでも口を割るような真似はしまい」

「と申されても。のう、左衛門殿」

大門はあくまで不満な様子だった。

「爺、大門、おぬしら、あの供侍たちが誰を斬ろうとしたか、分かるか?」

「誰をって、拙者を斬ろうとしたのでござろう?」

大門が訝った。文史郎は頭を振った。

「違うな。あの二人の目は、おぬしに打ち負かされたこの偽大門を見ていた。おぬしを斬ることよりも、この男の口を塞ごうとしていた、と余は見た」

「まさか」

大門も左衛門も絶句した。

「偽大門、おぬしも、そう思ったろう？」

「…………」

偽大門は答えなかったが、かすかにうなずいた。

控えの間から、武田が大声でいった。

「殿、二人とも息を吹き返しましたぞ」

「よし。偽大門、行け。あの二人を連れて、帰ってよし。ただし、あの二人に命を狙われぬよう、気を付けろよ」

「……かたじけない」

偽大門はおずおずと立ち上がった。

控えの間の供侍たちも、気が付き、あたりをきょろきょろ見回している。

「では、御免」

偽大門は文史郎に頭を下げ、踵を返した。

文史郎は偽大門の背にいった。

「偽大門、おぬしが何者かは分からぬが、偽殿によくいっておけ。わしらは、逃げも隠れもしない。いつでもお相手する。武士なら正々堂々、わしらの名など騙らず、事《こと》を行なえとな」

偽大門は振り向き、また一礼し、二人の供侍とともに玄関先に姿を消した。大勢の門弟たちが、玄関の外まで三人を見送り、罵声《ばせい》を浴びせた。

「殿、いいのですか？　あれで」

文史郎はうなずいた。

「あれでいい。あとは玉吉が彼らのあとをつけ、偽殿たちがどこに潜んでいるか突き止めてくれる」

「文史郎様」

弥生が文史郎の傍らに寄り添った。

「弥生、よくぞ、咄嗟《とっさ》に応じてくれた。それがし一人だったら防げなかったろう」

「わたくし、やっと文史郎様のお役に立てて、うれしいです。これで、わたくしも剣客相談人の一人に加えていただけますね」

弥生は陶然《とうぜん》とした笑みを顔に浮かべた。

「それとこれとは別だ。剣客相談人は、女子には向かぬ仕事だ」

弥生は男言葉に戻っていった。

「まあ、まだそんなことを申されて。それがしは、女子ではありますが、決して男の方々には負けませぬ。それに女子にしかできぬ仕事がきっとありましょうぞ」

「分かった分かった。考えておく」

文史郎は弥生を宥めた。

「きっとですよ」

「きっとだ」

文史郎はうなずいた。

「武士に二言《にごん》はありませぬよ」

弥生は念を押した。文史郎はほうほうの体《てい》でうなずいた。

「二言はない。ところで、弥生、おぬし、駒込あたりに道場を開いている長沼心斎という人物を知らぬか？」

「長沼心斎ですか？」

弥生は師範代の武田広之進を振り向いた。

「師範代は、知りませぬか？」

武田は大きくうなずいた。

「存じています。長沼心斎殿は直心影流を遣《や》られる」

「おう、それそれ。武田、ぜひ、道場がある場所を教えてくれ」

文史郎は武田を近くに呼んだ。

二

直心影流の駒込道場は、幕府の御薬園養生所《おやくえんようじょうしょ》からほど遠くない地にあった。

駒込界隈《かいわい》は酒井雅楽頭《さかいうたのかみ》や一橋《ひとつばし》殿、土井大炊頭《どいおおいのかみ》といった大名の下屋敷が居並ぶ閑静な武家屋敷の町である。

文史郎は左衛門と大門を従え、武田が描いてくれた絵地図を頼りに歩き回り、ようやくにして駒込道場の看板を見付けた。

武家屋敷の一角にあり、門構えからして、堂々たる道場だった。

「ほう、ここだここだ」

大門が駒込道場と大書《たいしょ》された看板を見上げながらいった。早速《さっそく》に左衛門が玄関先に入り、訪《おとな》いを告げる。

道場から激しい竹刀の打ち合う音が聞こえ、気合いや床を踏み鳴らす音が響いて来る。

奥から返事があり、稽古着姿の門弟が現れ、左衛門に応対している。

やがて話がついた様子で、門弟は再び奥へ戻った。左衛門は文史郎と大門に玄関先に入るよう促した。

間もなく先刻の門弟が現れ、式台に座って丁重に文史郎たちを迎えた。

「どうぞ、お上がりください。少々お待ちいただきますが、長沼心斎師範は稽古が終わり次第、お目にかかると申しております」

「さようか。では、よしなに」

文史郎は草履を脱ぎ、式台に上がった。左衛門と大門が続いた。

下足番《げそくばん》が現れ、文史郎たちの草履を片付けた。

文史郎たちは、奥の客間に通された。

客間からは広い庭が見える。山水画を模した滝や小川、池を配した美しい庭園だった。

鹿威《ししおど》しが甲高い竹の音を立てている。

文史郎は床の間を背にした上座に座った。文史郎のやや後ろに、並んで置かれた二つの座布団に、左衛門と大門が座る。

若い門弟がお茶を運んで来た。

文史郎は、お茶を啜り、庭の風景に見入っているうちに、廊下に穏やかな顔つきの初老の侍が現れた。

いかにも気品がある顔立ちの武士だった。

武士はおずおずと文史郎の前に進み出て、平伏した。

「お殿様にあらせられては、ようこそ、お越しくださいました。当道場の当主、長沼心斎にございます」

左衛門は文史郎に答えさせずにいった。

「こちらは、元那須川藩主、剣客相談人若月丹波守清胤様改め大館文史郎様にございます」

「お殿様にはお初にお目にかかります。恐悦至極に存じます」

長沼心斎はいま一度平伏した。

文史郎は単刀直入にいった。

「本日、お訪ねしたのは、ほかでもない。笠井才蔵の娘都与の行方について、おぬしが何か存じておるのではないかな、と思ってのことだ。おぬし、もしかして、都与を匿ってはおらぬか?」

長沼心斎は驚いた顔になった。

「都与が何か不始末でも……」

「不始末というか、都与が藩主史朝との間の子小太郎を連れて出奔した。それで、都与の祖父大栗忠早衛門から、密かに依頼され、都与親子の行方を捜しておるのだ」

「都与が出奔したと申されるか? しかし、なぜに」

長沼心斎は事情を知らない様子だった。

文史郎は、これまでの経緯を、これこれしかじかと長沼心斎に話して聞かせた。

話がすべて終わると、長沼心斎は腕組をし、じっと考え込んだ。

「大栗忠早衛門から聞いたが、おぬしは、都与を我が娘のように可愛がっておったそうだな。そして、自分の息子の嫁にほしいとまで」

「はい。確かに、我が息子の武彦《たけひこ》の嫁にしたい、というようなことを、昔は考えておりました……」

「いまは違うと申すのか?」

「笠井才蔵とは、あることで仲違《なかたが》いし、それ以後は、口もきかぬ仲になり、いまに及んでおります。ですから、自然、都与との縁談話は立ち消えとなっておりました」

長沼は頭を振った。

「差し支えなければ、その仲違いした原因になったものについて話してくれぬか?」

文史郎はじっと長沼を見つめた。

「分かりました。申し上げましょう」

長沼心斎は思い悩んだ顔でうなずいた。

「笠井才蔵は亡くなったことですから、もう、話してもいいでしょう。先ほど、あることで仲違いしたと申しましたが、実はそうではなく、そういうことにして、互いに疎遠な間柄になろう、ということで口裏を合わせていたのです」

「ほう。なぜ、そのようなことを?」

「笠井才蔵とそれがしは、当駒込道場で直心影流を競うようにして腕を磨いた仲でした。笠井才蔵は舘林藩の藩士、それがしは直参旗本と、属するところや立場こそ違え、無二の友として、家族ぐるみで行き来していたのです」

長沼は言葉を切り、深い溜め息をついた。

「そんなある日、才蔵が深刻な顔をして、やって来たのです。それは、息子の武彦と、笠井才蔵の娘都与との縁談が煮詰まりつつあったときのことでした。突然、才蔵が、この話はなかったことにしたい、と言い出したのです」

「ほう。なぜかな？」

「それがしも才蔵に、なぜだ、と激しく問い詰めたのです。才蔵は、訊いてくれるなの一点張りだった。それがしは激怒し、才蔵が許さなくても、都与を武彦の嫁にもらうと宣言したのです。というのは、武彦も都与も互いに憎からず思っているのを知っていたからです。なぜ、そのような二人の仲を裂くのか、と詰め寄った」

「親心だのう」

「そうしましたら、笠井才蔵は、絶対に口外無用ということで、ぽつり、とそれがしに告げたのです」

「なんと？」

「実は己は公儀隠密《こうぎおんみつ》であると」

「なに、笠井才蔵が公儀隠密だったというのか？」

文史郎は、思わぬ話に、左衛門や大門と顔を見合わせた。

「それも笠井の家系は、代々、舘林藩に植え込まれた草《くさ》だというのです」

草とは、幕府が密かに埋め込んだ忍びのことを指している。

「才蔵がそれと知ったのは、他家から佐代を娶《めと》り、都与と為蔵の二人を授かってからだいぶ経ってのことです」

才蔵の父笠井九蔵が、突然病に倒れ、軀が思うように動かなくなった。

九蔵は、そんなある日、才蔵を呼び寄せ、笠井家は代々公儀のために働く草であることを告げたのだった。

生涯草であることを辞めることは許されず、辞めるためには死ぬしかない。幕府から一度下命されたならば、命を擲《なげう》って使命を果たさねばならない。その命《めい》に逆らえば、ほかの公儀隠密の手によって、本人のみならず、一家は根絶やしにされる。幕府ある限り、いずれ娘の都与も息子の為蔵も、草である宿命を背負わなければならない。そういう家系にある都与を、いくら親友とはいえ、いや親友であるがために却《かえ》って、長沼家の武彦に嫁がせるわけにはいかぬ、というのだった。

長沼心斎は思い悩んだ。親友の苦境を知り、助けたいと思ったが、事は大きすぎた。長沼心斎も将軍家の直参旗本、幕府に逆らうことはできない。かといって、都与を武彦の嫁にして、長沼家の家系に草を忍ばせることはなんとしても避けたかった。

事情を知らぬ笠井の妻佐代と、長沼の妻琴《こと》は、都与と武彦の婚姻《こんいん》を着々と進めていた。

長沼心斎は悩んだ末に、ある日、笠井才蔵と縁を切ると、妻や武彦に宣した。

「口外無用という約束だったので、妻や息子の武彦には、いっさい事情を話せず、笠井才蔵とは喧嘩し絶交したとして、許婚《いいなずけ》だった都与との仲を引き裂いたのでござる」

「それは可哀相にのう」

文史郎は無理遣り別れさせられた都与と武彦に同情した。

「それで、おぬしの倅《せがれ》は、いかがいたした？　都与をあきらめたのか？」

「都与をあきらめさせました。しかし……」

長沼は口籠もった。

「しかし、いかがいたした？」

「三年前のこと、武彦は家を出たまま帰って来なくなったのです」

「なに、武彦も出奔したというのか？」

「奥には、時折、便りが舞い込んでおるようです。それによると、武者修行の旅に出て、諸国を放浪しておるとの由」

「ほう。諸国放浪ねえ」

「つい最近、家人が外に出たら武彦によく似た浪人者が、この界隈をうろついていたのを見かけたとのことです。声をかけようとしたら、慌てて逃げて行ったとも。ですから、もしかして、武彦は江戸に戻っているのかもしれません」

文史郎は唸った。

「もしや、武彦と都与の出奔は、関係があるのではあるまいか?」

「どうですかのう」

長沼は首を捻った。

大門が話の矛先を変えて訊いた。

「ところで、その笠井才蔵だが、藩命により、誰かを上意討ちにしたが、相討ちだったので傷が元で才蔵も死亡した、という話でしたな。いったい、何があったのか、御存知ですかな」

「はい、一応聞き及んでおります」

「お聞かせ願えますか?」

「はい。それがしが聞き及んだ話では、相手は脱藩者、しかも藩の秘密を幕府に告げようとした者だったらしい。藩主は激怒し、笠井才蔵に上意討ちを命じた。笠井才蔵は待ち伏せし、相手を斬った。相手は即死したが、笠井才蔵も深手を負い、それが元で帰らぬ人となったと聞いております」

「その相手というのは?」

「舘林藩の元藩士黒木又衛門《くろきまたえもん》、笠井才蔵とは同じ御納戸組だったそうです」

「それはいつのことですかな？」

「四年前の夏のことでござった」

「……笠井才蔵は、ほんとうに亡くなったのでござろうか？」

大門は訝かしげにいった。

長沼が、はっと顔色を変えたように、文史郎には見えた。だが、長沼はすぐに平静を取り戻した様子で、頭を振った。

「それがしは、この目で笠井才蔵の亡骸《なきがら》を見たわけではござらぬが、御新造《ごしんぞう》の佐代殿から、そういう報せを受けております。ですから、まずは疑いの余地もないか、と」

文史郎は大門に顔を向けた。

「大門、笠井才蔵の死に何か不審があるというのか？」

大門は頭をぼりぼりと掻いた。

「いや、根拠はござらぬ。ただ、なんとなく、なんとなく、そんな気がしただけでござる。拙者の邪推など無視してくだされ」

文史郎は、長沼に向き直った。

「都与の行方について、何か心当たりはないかのう？」

「……もしかして、都与は父笠井才蔵の墓がある浄妙寺《じょうみょうじ》を訪ねているかもしれませぬ」

「浄妙寺？　それはいずこにある寺だ？」

「音羽《おとわ》でござる。もし、よかったら、これからでも、拙者が案内いたしましょうぞ。拙者も話しているうちに、なにやら都与のことが気になり申した」

長沼心斎は、家人を呼んだ。

「ただいま、支度をいたす。しばし、お待ちを」

長沼心斎は立ち上がった。

三

浄妙寺の境内《けいだい》は、森閑《しんかん》として静まり返っていた。

春の穏やかな陽射しが松の枝の間を抜け、木漏《こも》れ日となって、地面や石畳に縞模様《しまもよう》を作っている。

長沼心斎は、寺の背後に広がる墓地の一角で足を止めた。

「これが笠井家代々の墓でござる」

そこには、ひっそりと一基の墓石が立っていた。

笠井家先祖代々の墓と銘が刻み込まれている。

「最近、誰かがお参りしたようだな」

墓の両脇の花差しに、真新しい白菊や黄色の春菊がいっぱいに差し込まれてあった。

「そうでござるな」

長沼は持参した菊の花束を墓前に捧げ、しゃがんで手を合わせ、しばらくじっと祈っていた。

文史郎も墓前に手を合わせた。

左衛門と大門も、神妙な顔でお参りしている。

文史郎は拝むのをやめると、墓石の後ろに回り、刻まれた銘を調べた。

「ここに笠井才蔵の戒名《かいみょう》が刻まれておるでしょう？」

長沼がずらりと並んだ名前から、笠井才蔵の銘を指差した。

「うむ」

「それがしも葬儀に招かれましたが、しめやかでひっそりとしたものでした」

長沼はしんみりした口調でいった。

大門が訝った。

「葬儀の折に、おぬしは笠井才蔵の死に顔を見たのだろう？」

「……それが見なかったのです」

「見なかった？　なぜかな？」

「すでに才蔵は茶毘《だび》に付されて遺骨になっていたのです」

文史郎は首を傾げた。

「なぜ、土葬でなく、火葬にされたのだ？」

「才蔵が死んだのは、在所の国境《くにざかい》を越えて間もなくの街道筋の村だったからです」

「そうか。才蔵は国許に帰っておったのか」

「さようで。才蔵は藩主の御供をしてお国入りしていたのです」

長沼は頭を振った。

「夏だったので、遺体はすぐに腐る。そこで地元で茶毘に付され、遺骨にして江戸へ持ち帰ったというわけです」

「なるほど。そうだろうな」

文史郎はうなずいた。

左衛門が付け加えるようにいった。

「笠井才蔵殿は運がいい。骨になっても江戸に戻り、先祖代々の墓に入れたのですからな。運の悪い人は、死んだ場所に埋められ、無縁仏になるしかないのですからな」

大門が訝しげに訊いた。

「長沼殿、この墓に入っているのは、ほんとうに笠井才蔵殿の骨ですかのう？」

長沼は顎を撫でた。

「才蔵の骨かどうか、それは、当時才蔵を荼毘に付した人たちしか知りませんな。拙者は才蔵の骨が埋まっていると信じておりましたが」

大門が訊いた。

「荼毘に付した人たちというのは、誰でしたかな？」

「さあ、舘林藩の藩士ではないか、と思うが、そこまでは知りません……」

左衛門がにやにやしながら訊いた。

「大門殿は、何を疑っておるのだ？」

大門は墓石に手をかけた。

「もしかして、この墓の下に、才蔵殿の骨もないかもしれないですぞ」

「まさか、そんなことがありますかね」

長沼は顔をしかめた。

大門は文史郎に向いた。

「殿、ちと墓の蓋《ふた》を動かして、中に骨壺《こつつぼ》があるかどうかを確かめてもいいですかね」

「うむ。よかろう。余も見てみたい」

文史郎はうなずいた。

大門は墓石の前にしゃがみ込み、合掌《がっしょう》してから、御影石の蓋に手をかけた。

「では、御免」

大門は蓋を退《の》かして、墓の中を覗き込んだ。

骨壺がいくつか並んで納めてあった。

いずれの骨壺も、埃や塵を被って、古色蒼然《こしょくそうぜん》としている。ここ二、三年に納めたような新しい骨壺はない。

「御免なさいよ」

大門は手を差し入れ、手前の骨壺を取り出した。

「これが、一番新しそうな骨壺だが」

骨壺の蓋には、墨で名前と亡くなった年月日が記されてある。

笠井重蔵《じゅうぞう》
寛政《かんせい》七年四月五日没
「これは古い。五十年以上前ですな」

大門は文史郎に骨壺を見せた。

「そこで、何をなさっておる？」

後ろから厳しい叱責《しっせき》の声が起こった。

振り向くと、法衣姿の僧侶が仁王立ちしていた。

長沼が立ち上がった。

「あ、妙円和尚《みょうえんおしょう》、これはこれは失礼いたしました。墓参の帰りにご挨拶に僧坊をお訪ねするつもりでした」

「なんだ、檀家《だんか》の長沼心斎殿ではないかね。どこの罰当《ばちあ》たりの墓荒らしかと思いましたよ」

妙円和尚はしげしげと訝しげに文史郎や大門、左衛門を見回した。

長沼は、文史郎を手で指していった。

「和尚、こちらは剣客相談人の長屋の殿様、若月丹波守清胤様改め大館文史郎様にございます」

「長屋の殿様ですと？」

住職は穏やかな笑みを浮かべた。

「そして、髯の大門殿、傅役の左衛門殿」

「おうおう、皆さんのことは、存じておりますぞ。このところ、長屋の殿様たちは、だいぶご活躍のようでしたな」

「まさか、和尚も瓦版をご覧になっている？」

「いやいや、墓参に訪れる檀家の人から、剣客相談人の噂を聞いていました。たしか、両替屋の飯田屋で、用心棒をなさっており、押し込み強盗をなんなく撃退したとか」

左衛門が苦笑いしながらいった。

「和尚、あれは偽者たちの仕業でして、我らとは違うのです」

「なに、偽者ですと？」

和尚は話が飲み込めず、目を白黒させていた。

「そうなのです。あやつらは、あろうことか、殿の名や大門殿、爺の名を騙って……」

文史郎は手で左衛門の説明を遮《さえぎ》った。

「爺、偽者でもいいことをやっているのだから許そう。それよりも、いまは笠井才蔵の墓の話だ」

「は、はい」

和尚は大門の手許に目をやった。

「笠井家の骨壺を取り出して、いったい何をなさろうとしておられるのだ？」

「あ、これは失礼した」

大門は慌てて骨壺を墓の中に戻した。

文史郎は和尚に向き直った。

「和尚、実は、それがしたちは、墓に笠井才蔵の骨壺があるのかどうかを調べておったのです。どうも、笠井才蔵の骨壺はなさそうではありませぬか」

「……なぜに、そのようなことをお調べになられるのです？」

大門が手をぱたぱたと叩き、塵や埃を落としながらいった。

「笠井才蔵殿は、ほんとうは生きているのではないですかな？」

妙円和尚の顔に一瞬動揺の色が走るのを文史郎は見逃さなかった。

「……どうして、そのような疑いを」

「抱いたか、というのですか？　それがしの直感です」

「直感ですと？」

和尚は面食らった顔をした。

「それがしの直感は、子供のころから、よく当たったのです。それがしには、占い師か陰陽師《おんみょうじ》の血が流れているのかもしれません」

大門は大口を開けて笑った。

和尚はますます戸惑った顔をしている。

大門が蓋を開けた墓の中を手で指した。

「ともあれ、ここには、笠井才蔵殿の骨壺がないではないですか？　どうしてです？　この寺で葬儀がなされたというのに、笠井才蔵殿の遺骨がない、というのは、何か理由があるのでしょう？」

「ふうむ」

和尚は困った顔をしたが、用心深く周囲に目を走らせ、不審な人影がないのを確かめた。

「……分かりました。お話ししましょう。しかし、ここで立ち話をするというわけにもいきません。僧坊の方に行きましょう。……その髷の御方、墓の蓋を元通りに戻してください」

「はい。もちろんです」

大門は急いで笠井家の墓の蓋を元に戻した。

「では、こちらへ」

妙円和尚は先頭になって墓地の中の狭い通路を歩き出した。

「殿、おもしろいことになりましたな」

左衛門が文史郎に囁いた。

文史郎は左衛門に囁き返し、訊いた。

「爺、大門の直感の話、余は初めて聞いたが、ほんとうに当たるのかのう?」

「爺も、そんなこと初めて耳にしました。大門殿のこと、きっと口からでまかせでございましょう」

左衛門は、ひひひと野卑な笑い声を立てた。

四

薄暗い僧坊は、まったく火の気がないので肌寒かった。

和尚は部屋に案内すると、修行僧たちに雨戸を開けさせた。ようやく部屋に春の午後の陽光が差し込み、あたりを明るくした。

床の間には、達磨《だるま》の像を描いた掛け軸が懸かっていた。

文史郎は、床の間を背にして座り、妙円和尚と向かい合った。

大門と左衛門、長沼は和尚を真ん中にして囲むように座った。

修行僧が盆でお茶を運んで来て、みんなの前に湯呑み茶碗を置いた。

文史郎は修行僧が部屋を出て行ってから、おもむろに口を開いた。

「和尚、さきほどの問いにお答え願えませんか？　笠井才蔵の骨壺が忽然《こつぜん》と消えているとしか、見えませんでしたが、いったい、誰がなんのために骨壺を持ち出したというのか？」

和尚は目を閉じて、しばし黙った。いおうかいうまいか、迷っている様子だった。

和尚の相貌は、掛け軸の達磨大師そっくりに見えた。

長沼が身を乗り出し、何ごとかいおうとした。

文史郎は身振りで長沼に待てと止めた。

辛抱強く待つうちに、和尚は目を開け、やがて決心したように、重々しく口を開いた。

「実は笠井才蔵殿の娘御都与殿が、墓参に御出でになりましてな。お父上の骨壺を見せてほしい、とお申し出になられたのです」

文史郎は、大門や左衛門と顔を見合わせた。

「やはり」

文史郎は墓前に捧げられてあった菊の花束を思い出した。やはり、あの菊花は都与が墓前に捧げた花だったのだ。

「それは、いつのことでござった？」

「一昨日でございます」

文史郎は訝った。

「それで、都与殿は骨壺を見て、どうされたのです？」

「お父上の骨壺にしばらく手を合わせたあと、蓋を開けて中を覗いたのです。そして、中の物に気付いて取り出した」

「何を取り出したのです？」

文史郎は左衛門や大門と顔を見合わせた。

「正直に申し上げましょう。骨壺には、お骨の上に書状と金子《きんす》の紙包みが置いてあったのです」

「誰の書状なのです？」

「笠井才蔵殿の遺言書でした」

「和尚は、遺言書をお読みになった？」

「いえ。都与殿に宛てた書状でしたので、拙僧は読んでおりません」

文史郎は和尚の顔を窺った。嘘をついている様子はなかった。

「都与殿は、その場で遺言状を読んだのですな」

「さよう」和尚は深々とうなずいた。

「都与殿は遺言書を読んで、どのような様子でしたか？」

「しばらく呆然となさっておられた。そして、呼ぶまで、しばらく人払いをし、自分たちだけにしておいてほしい、と申された」

文史郎は左衛門や大門と顔を見合わせた。

「都与殿は一人ではなかったというのか？」

「はい。赤子を世話なさっていた乳母《うば》。それに……」

和尚は口籠もった。

「乳母のほかに、誰がいたというのです？」

和尚はちらりと長沼心斎に目をやった。

「決して誰にもいわないでほしい、といわれたのですが……」

「心配無用です。それがしたちは、決してご迷惑はおかけしません。どうか教えていただきたい」

「実は、長沼殿のご子息武彦殿が御供しておられたのです」

「な、なんですと」

長沼心斎が膝を乗り出した。

「倅の武彦が、都与といっしょにいたというのですか。……藩主のお世継の母親となれば、呼び捨てにはできぬ、都与殿と呼ばねばいかんでしょうな。その都与殿と倅がいっしょにおったのですか?」

和尚は大きくうなずいた。

「はい。武彦殿は家出をなさっておられるとか。これ以上、ご両親に心配をかけたくないので、くれぐれも内緒にしておいてくれと、頼まれていたのですが」

長沼心斎の顔が急に明るくなった。

「そうでしたか。倅は都与殿といっしょでしたか。和尚、倅と都与殿は、いまどちらにいるのか、御存知なのか?」

「いや。それは和尚も知りませぬ」

「ほんとに御存知ないのか?」

長沼は半信半疑の顔で訊いた。

「ほんとうに存じません。これは嘘ではありません」

和尚は頭を左右に振った。和尚の目はしっかりと長沼を見つめ、揺るがなかった。

文史郎は話を戻して和尚に尋ねた。

「都与殿は、乳母や武彦たちと、何を相談していたのですかな」

「それは分かりません」

和尚は頭を左右に振った。

文史郎は訊いた。

「和尚が呼ばれて部屋に戻ったとき、都与殿の様子は、どうでござった?」

「目を真っ赤に泣き腫《は》らしておられましたな。武彦殿と乳母の御女中が、都与殿を慰めておられた」

「なるほど」

「ですが、泣き終わったあと、都与殿はだいぶ晴れ晴れとしたお顔になられた。時折、笑みもこぼれておられたほどでした」

文史郎は訝った。

「ほう。察するところ、お父上の遺書に、よほどいいことが書いてあったのでしょうか?」

「そうかもしれませんな」

和尚は穏やかな顔でうなずいた。

左衛門がめざとく訊いた。

「骨壺には金子《きんす》もあったと申されていましたな。いかほどでしたか?」

「おそらく、切餅《きりもち》一つほどはあったのではないか、と」

切餅一個は、二十五両だ。

左衛門は安堵したようにうなずいた。

「それだけあれば、当分の間、親子と乳母、武彦殿は、何不自由なく暮らしていけますな」

文史郎は和尚に尋ねた。

「それで、都与殿は、これからどうなさるとおっしゃっておりましたか？」

「追われているので、すぐにでも江戸を離れたい、というようなことを申されておりましたな」

「旅に出るというのですか？」

「おそらく」

「どこへ行くと？」

「さあ、それは聞いておりません」

和尚は頭を振った。文史郎は腕組をし、和尚にいった。

「話の合間に、旅先についての、何か手がかりになるようなことを洩らしておりませんでしたか？　たとえば西へ行くとか、東へ行くとか」

和尚はしばし考え込んだ。やがて、口を開いた。

「……都与殿は幼いころ、お父上の馬に乗せられ、早駆けした思い出話をしておりましたな。利根川《とねがわ》の畔《ほとり》で、夕陽に赤く染まった筑波山《つくばさん》を眺めたときのことを懐かしそうに話しておられた」

「ほう。どうして、都与殿は、そんな思い出話をしていたのでござろうか?」

文史郎は訝った。

和尚は笑いながら頭を振った。

「さあ。お二人が仲睦まじく昔話をしているのを、脇で聞き付けて微笑ましい、と思っただけですのでな。あまり役に立つ話ではありますまいが」

長沼心斎が大きくうなずいた。

「その思い出は、よく分かる。都与殿は武彦と、きっと父の才蔵の若いころの話をしていたのでござろう」

「ほう?」

「才蔵も拙者も、大勢の門弟仲間とともに、筑波山麓《ろく》の山寺に籠もり、師と寝食を共にしながら、剣の修行に励んだことがありましてな。厳しい修行で、何人もの門弟が途中で逃げ出した。結局、最後まで試練に耐えて残ったのは、才蔵と拙者の二人だけだったのでござる」

「ほほう。そんなことがあったのか」

「それがしは、幼い武彦に、そのときのいろいろな修行の様子を面白可笑しく、やや誇張して話して聞かせた記憶がござる。きっと才蔵も娘の都与に似たような話を聞かせていたのではないか。ですから、きっと幼なじみの二人は、そんな話を思い出して語り合っていたのでござろう」

「なるほどのう」

それまで黙って聞いていた大門が長沼に尋ねた。

「その山寺というのは、いまもあるのでござるか？」

「さあ、分かりませぬ。住職もいない古寺でしてな。いまはおそらく廃寺になっているのではないですかな」

「なんという名の寺でござった？」

「……ええと。たしか、寿光寺《じゅこうじ》だったかと」

「寿光寺ねえ」

「それが何か」

長沼心斎は訝った。大門は笑いながら、頬髯を撫でた。

「いや、なんでもござらぬ。ちと気になっただけで、お気になさらぬように」

文史郎がいった。

「さて、肝心の都与殿たちの行方だ。長沼殿は、ご子息の武彦殿の立ち回り先について、何か思い当たることはござらぬか？」

「……武彦が家を出たときにも、いろいろ思い当たったところを、すべて捜し回ったのでござるが、まるで分からなかった」

長沼は溜め息をつき、肩を落とした。

左衛門が訊いた。

「武彦殿は、武者修行に出るといっていたが、そうではなかったのでござるな」

「そうですな。実の親だというのに、倅のことが皆目分かっておらぬ。恥ずかしいことでござる」

「お尋ねするが、武彦殿の腕前は？」

「親のそれがしがいうのも憚られますが、結構腕は立ち申す。家を出る前に直心影流免許皆伝《めんきよかいでん》を与えたばかりでござった」

文史郎はうなずいた。

「それなら都与殿も安心でござるな」

「しかし、いくら免許皆伝でも、実戦は経験がものをいいますからな。武彦はまだまだ未熟者、安心はできません」

　大門がまた口を開いた。

「その武彦殿は、どういういきさつで、都与殿といっしょにおるようになったのですかな？」

「それもまったく分かりませぬ。親として恥じいるばかりでござる」

　長沼は頭を振り、項垂れた。

　文史郎は腕組をしながらいった。

「おそらく、おぬしの倅、武彦は都与をあきらめきれずにおったのだろうよ。そして、都与も同様に、史朝殿のお手がついても、武彦をあきらめきれなかったのではないか？」

「そうでござろうな」

　大門はしんみりと相槌を打った。

　左衛門が訝った。

「殿の子を産んでも、なお都与殿は武彦をあきらめきれなかったというのですかのう」

「爺さん、それが恋した女心というものだ。分かってないのう」

大門がいつになく分かったような口を利いた。左衛門は苦笑いした。

「大門殿にいわれたくないですな。それにしても、都与殿は、どうやって武彦殿と通じ合っておったのですかねえ」

文史郎はいった。

「おそらく、以前から、幼なじみの二人だけの秘密の連絡方法があったのだろうよ。それがしも、若いころ、幼なじみの娘と、密かに文を交わしたことがあるから、よく分かる」

左衛門はちらりと文史郎に流し目をした。

「殿の場合、若いころだけではなかったではござらぬか。殿が萩の方といっしょになられたあとにも、それがしが、女子に殿の付け文を届けたことが何度もありましたぞ。それればかりか、お目当ての娘が屋敷から出てくるのを、水茶屋の二階で待ち受けて……」

「爺、分かった分かった。その話はもういい。つまりだ、若い二人が連絡を取ろうとしたら、いかようにもできるということだな」

文史郎は笑ってごまかした。

五

夜の帳《とばり》が安兵衛店を覆《おお》っていた。

早めの夕餉《ゆうげ》も済ませて、文史郎は行灯の明かりの下、机に向かい、その日一日の出来事について、記憶を辿りながら、日録に筆を走らせていた。

左衛門は文史郎の後ろで、老眼鏡をかけ、繕《つくろ》いものに余念がない。

大門は自分の長屋に戻っている。おそらく、いまごろ高鼾《たかいびき》をかいていることだろう。

油障子戸越しに玉吉の声が聞こえた。

「御免なすって。殿様、御出でですか」

「おう、玉吉、入ってくれ」

「へい。失礼いたしやす」

油障子戸が軋《きし》みながら開いた。

外の夜気を身にまとった玉吉が長屋に入って来た。

「御免やす」

左衛門が立ち上がり、玉吉を迎えた。

「おう、ご苦労さん。玉吉、飯は食ったか？」

「へい。大丈夫でやす。途中、居酒屋で飯の代わりに、ちょっと一杯引っ掛けましたんで」

玉吉は頭を下げた。

「じゃ、茶でも出そう」

「左衛門様、ありがとうごぜいやす。ですが、すぐに帰りますんで。やることがありまして」

「そうか。遠慮はするなよ」

「へい」

文史郎は玉吉に向き直った。

「玉吉、上がってくれ」

「へい。ありがとうございやす。でも、あっしは足が汚れていやすんで、ここで結構でやす」

玉吉は上がり框に腰掛けた。

「それで、首尾は？」

「へい。あの偽大門たちを尾行しましたら、なんと譜代の武家屋敷の一つに入って行きましてね。出入りしていた折助《おりすけ》に声をかけて訊いてみたら、なんと御側御用取次田丸兵衛助様のお屋敷でした」

「なんだって、御側御用取次の田丸様の屋敷だというのか？」

文史郎は左衛門と顔を見合わせた。

御側御用取次は側用人に次ぐ、将軍の側近中の側近の役職である。将軍と老中や若年寄との間を取り次ぐ役職で、将軍の政務などを直接相談される立場にあった。

とりわけ、未決の案件については、その取り扱いは、この御側御用取次が行なうことになっており、そのため、御側御用取次は絶大な権勢を誇っている。

偽殿一味は、そんな御側御用取次の田丸兵衛助の指示で動いているというのか？

「手強い相手ですぜ。あっしも、今度という今度は、腹をくくりやした。仲間うちにも、最大限の用心をしろ、といっておきやした」

「そうか。済まぬな。偽者一味は、とんでもない筋と繋《つな》がっていたのだな」

文史郎は、やれやれ厄介なことになったと頭を振った。

御側御用取次が恐れられる最大のわけは、その配下に、公儀隠密、お庭番がいるからだった。田丸兵衛助が、一声発すれば、公儀隠密、お庭番全員を相手に回すことになる。

左衛門が急須のお茶を湯呑み茶碗に注ぎながらいった。

「殿、相手が相手ですから、慎重に動かなければなりませんな」

「うむ。玉吉、頼むぞ、慎重にな」

文史郎は湯呑み茶碗を手に取り、お茶を啜った。

「へい。お任せください。敵がお庭番の総本山となれば、相手として不足はねえ。あっしの仲間の腕っこきを募って、田丸様の屋敷へ忍び込ませました。いずれ、耳寄りな話を聞き付けて来やすでしょう」

「そうか。うまくやってくれよ」

「へい。左衛門様、せっかくですので、お茶、ご馳走になりやす」

玉吉はお茶を旨そうに飲んだ。

「ほかに分かったことは？」

「そうそう。お都与さんらしい母子を乗せた駕籠舁きが分かりました」

「お、そうか。でかした」

「駕籠舁きの兵七《へいしち》と、その兄弟分の男で、武家屋敷町に、御女中を乗せて送った帰り道のこと。舘林藩下屋敷の角に差しかかったら、突然、若侍が飛び出し、両手を広げた。待てっていったそうです。兵七たちは、すわ辻斬りかかってびっくりしたんですが、そうではなかった」

「…………？」

「侍の後ろから、赤ん坊を抱えた武家娘と、風呂敷包みを抱えた乳母らしい女が出て来た。赤ん坊を抱えた姫を駕籠に乗せろ、といったそうです」

「間違いない。都与殿ですな」

左衛門がいった。文史郎はうなずいた。

「うむ。で、どこまで行った？」

「近くの神田川《かんだがわ》の船着き場でやした」

「それで？」

「船着き場に待っていた屋根船に三人は乗り込み、川下へ下って行ったそうで」

「そうか。そこまでか。惜しいな」

「殿、その先があるんで。念のため、あっしは神田川を縄張りにしている船頭たちに声をかけてみたんです。神田川で屋根船を扱う連中は、そう多くはない。そうしたら、どんぴしゃで、その船着き場で待たされていた屋根船の船頭がいたんで」

「それはついているな。で、赤ん坊連れの三人に間違いないのか？」

「へい。赤ん坊を連れた武家娘と乳母、それに供侍の三人というと、同じ日、同じ場所ではそういないので、まず、都与様たちに間違いないだろう、と」

「なるほど。で、今度はどこまで乗せたというのだ？」

「ずっと神田川を下って大川へ。さらに大川を下り、小名木川《おなぎがわ》の掘割に入ったそうで。万年橋《まんねんばし》、高橋《たかばし》を越えて、しばらく行った先の船着き場で、三人は下りたそうでやす」

「爺、どの辺であろうな？」

「殿、それがしも深川界隈はそれほど詳しいわけではございませんよ」

左衛門は首を傾げた。玉吉が笑った。

「殿、ご心配なく。あっしらに任せてくだせい。いま仲間に調べてもらっています。聞き込めば、ほどなく分かるでしょう」

「そうか。では、待つことにしよう」

文史郎はうなずいた。

玉吉は立ち上がった。

「とりあえず、お知らせすることは、これだけです。では、仲間が待っているんで、失礼いたしやす」

「ありがとうよ。気をつけてな」

「分かってやす。では」

玉吉は油障子戸を開け、するりと闇に姿を消した。

「爺、そういえば、笠井才蔵も公儀隠密だといっておったな」

「そうでしたな。ということは、御側御用取次田丸様の配下となりますな」

「偽者一味も、田丸の配下か。いったい、田丸は何を画策しておるのかのう」

「はい。どうやら、容易ならざる陰謀の気配がいたしますな」

「うむ」

文史郎は腕組をし、物思いに耽《ふけ》った。

どこか、遠くで犬の吠え声が闇夜に谺《こだま》している。

六

何本もの蠟燭の炎が、書院の間を明るく照らしていた。

御側御用取次田丸兵衛助は、脇息《きょうそく》に軀を預け、盃を口に運んだ。

向かい側には、舘林藩城代の藤堂龍造が憮然とした顔で座り、チロリの酒を盃に注いではは、あおるようにして酒を飲んでいる。

「藤堂、そう焦るな。いずれ逃げた都与の居場所は、貫兵衛たちが突き止めよう。そうしたら、始末すればいいだけのこと」

「田丸様、そんな悠長なことをいっている場合ではありませぬぞ。都与が姿をくらましたおかげで、事は大きく狂いました。せっかく、勤王攘夷派の小塚正成たちの勢力を削ぐ機会も逃しましたからな」

「分かっておる。だが、わしにも考えがある。今夜、おぬしを呼んだのは、ある者たちを紹介するためだ。今後は、その者たちが、いろいろ画策し、おぬしの悩みを解決してくれる」

「ほう。そのような奇特な方たちがおるというのですか」

「まあ、楽しみにしておれ」

田丸兵衛助は愉快そうに笑った。

襖が静かに開いた。

「失礼いたします」

茶坊主たちが座布団を手に現れ、すぐさま座布団を敷いて、三つの席を作った。

御女中たちが三つの膳を捧げて現れ、それぞれの席に膳を具《そろ》えた。

茶坊主と御女中たちが姿を消すと、再び、書院の間は静けさに包まれた。

「田丸兵衛助様のお考えでは、我が藩はどのようになるとおっしゃるのでございますか」

「まず史朝を亡き者にし、おぬしの娘優子の婿養子に、それがしが推す者を押し込み、史朝の後を継がせる。毛利の息がかかった小塚正成たち勤王攘夷派を粛清《しゅくせい》し、一挙におぬしら佐幕派により藩政の主導権を取らせる。以上だ」

「ありがたき幸せ。ですが、いかにして」

「それを、これから紹介する者たちがやる」

廊下にいくつかの足音がして、襖越しに小姓の声が聞こえた。

「御館様、お客様が御見えになりました」

「うむ。通してくれ」

襖が左右に開いた。

「若月丹波守清胤様、御成《おな》りにございます」

小姓がいった。

二人の家来を従えた若殿が堂々と入って来た。

「な、なんですと。若月丹波守清胤様ですと」

藤堂龍造は、慌てて膳の脇に座り直し、平伏して迎えた。

「おう、丹波守、そこに座ってくれ」

「はっ」

若殿は三つ並んだ座布団の真ん中の席に、どっかと座り込んだ。

左に老家来が、右に髯面の浪人者が座った。

「藤堂、剣客相談人を存じておるか？」

「はい。いや巷《ちまた》では評判の剣客、そして、若隠居された殿様とお聞きしてます」

「藤堂、紹介しよう。そちらにいる三人は、剣客相談人、長屋の殿様若月丹波守清胤と、その傅役篠塚左衛門と、供侍大門甚兵衛だ」

「これはこれは、お初にお目にかかります」

藤堂は恐縮していった。

若殿はにこにこしながら、うなずいた。

「藤堂とやら、苦しうない。気楽にいたせ」

「ははっ」

田丸は愉快そうに笑った。

「藤堂、そう硬くなるな」

「と申されても」

藤堂は若殿を見上げた。

「藤堂、いま紹介したのは、真っ赤な偽り。実は、こやつら、偽者の若月丹波守清胤、偽者の傅役、供侍だ」

「な、なんと。偽殿たちですと」

藤堂は仰天して偽殿たちを見回した。

「こやつらに、先に申したことをやってもらう。いいな、判沢慶次郎」

「よろしう」

若月丹波守清胤に扮《ふん》した判沢慶次郎はうなずいた。

「そして、偽傅役の左衛門こと見田宗衛門、偽者の大門甚兵衛こと熊野大介だ」

田丸は三人を藤堂に紹介し、豪快に笑った。

第四話　用心棒対決

一

春の温かな風が掘割の水面を渡ってくる。

文史郎たちを乗せた屋根船は、大川から小名木川に入り、ゆっくりと川面を進んでいた。

艫《とも》に立った船頭が静かに櫓《ろ》を漕いでいる。

障子戸を開け放った窓から微風が入ってくる。

文史郎は風を顔に受けながら、船の行く手を見やった。

左衛門と大門も黙って船の座敷に胡座をかいて座り込んでいた。

「玉吉、よく都与たちを捜し出せたな」

　隣に座った玉吉がいった。

「訳ありの、それも赤子連れの武家女と御供の若侍となれば、人目を引きますからね。少し聞き込んだら、すぐに隠れ家が見つかりましたよ」

「ということは、安心できない、というわけだな」

「そういうことです」

「どんな隠れ家なのだ？」

「高橋の先にある、『小波《さざなみ》』っていう小料理屋の離れに匿われています」

「どういういきさつで、その小料理屋に匿われているのだ？」

「女将《おかみ》のお清《せい》は、若いころ、長沼心斎様といい仲だったことがありましてね。息子の武彦様を我が子のように思っているらしいんで」

「なるほど」

　船は万年橋を越え、高橋も過ぎた。

「この橋を越えたら、すぐです」

　大門は心張《しんば》り棒《ぼう》を抱え、こっくりこっくりと舟を漕いでいる。

「こんなときによく眠れますなあ」

　左衛門は呆れた顔で頭を振った。文史郎は笑った。

「それが大門のいいところだ。乱にいても動ぜず」

「ただ鈍感なだけではないですか」

左衛門は冷ややかにいった。

大門はぴくりと動き、口許から垂れた涎《よだれ》をずずっと啜り、腕で拭った。

「かもしれぬな」

文史郎は頭を振った。

やがて船は小さな船着き場に横付けになった。

「殿様、着きました」

玉吉は屋根船から降りると、身軽に船着き場に飛び移り、船の舳先《へさき》を押さえた。

「大門殿、起きろ」

左衛門が大門の肩を叩いた。大門ははっと目を覚ました。

「飯か？」

「着きましたぞ」

左衛門が呆れた顔をした。

「さ、大門、降りるぞ」

文史郎は船着き場に上がった。左衛門が続く。

大門はあたりをきょろきょろ見回していたが、ようやくどこにいるのかが分かったらしく、慌てて起き上がり、陸に上がった。

船頭が船の艫綱を杭《くい》に括《くく》り付けた。

「こっちでさあ」

道に上がった玉吉が文史郎たちを案内し、先に立って歩き出した。

「『小波』は、この路地の奥にありやす」

路地を折れると、黒塀に挟まれた細小路になった。両脇に粋な料亭や小料理屋が建ち並んでいる。

路地の奥にあった稲荷《いなり》の社《やしろ》の陰から、町人姿の男が顔を出して、ちょこんと頭を下げた。

「常吉《つねきち》、何か変わったことは？」

「いまのところ、何もありません」

玉吉は文史郎に、こちらへ、という仕草をした。

路地を入ってすぐ左手に小料理屋『小波』という小さな看板がかかっていた。

「じゃ、あっしたちはここで。見張ってますんで」

「うむ。何かあったら知らせてくれ」

「合点でさあ」

文史郎は左衛門と大門を従え、小料理屋『小波』の格子戸の前に立った。

路地の先に左手に入る細小路が見えた。

左衛門が格子戸を引き開けた。

「御免」

「いらっしゃいませ」

すぐに女の声の返事があった。

女将が式台に現れて座った。

「ようこそ、いらっしゃいました。お食事でございますか？」

「殿、いかがいたしましょう？」

左衛門は文史郎を振り向いた。

「うむ。ちと酒でも所望しようか」

「お殿様……？」

女将は文史郎を見てうなずいた。

一目見て、文史郎の風格から、どこかの殿様がお忍びで訪ねて来たと思ったらしい。

左衛門がいった。

「少し相談事があってな。どこか部屋は空いておるかな」

「三人様ですか？」

「うむ」

「畏まりました。すぐに部屋をご用意します。さ、どうぞ御上がりになられてくださいませ」

女将は女中を呼んだ。奥から若い娘が急ぎ足で現れた。

「三人様を桜の間へご案内して」

「はーい。さあどうぞ」

女中は文史郎と左衛門、大門を案内した。

文史郎はそれとなく店内を見回した。廊下に面して座敷がいくつも並んでいる。

廊下の先を曲がると渡り廊下があり、離れに繋がっている。

女中は座敷の一つに文史郎たちを招き入れた。

掃き出し窓から、小さな池や竹林の生えた庭が見えた。

その竹林の背後には、さらに板塀が立てられてあり、離れを隠していた。

文史郎は床の間を背にした席に座った。向かい側に左衛門と大門が座る。

女中が引っ込むと、入れ替わりに、女将が現れ、座敷の出入口に座った。

「ようこそ、お越しくださいました。私は女将のお清と申します。お客様は、どちら様のご紹介でございましょうか？」

「女将、こちらの殿は、剣客相談人若月丹波守清胤様改め大館文史郎様だ」

「あらまあ、あの有名な長屋のお殿様にございますか。ご冗談でございましょう？」

女将は袖を口許にあてて笑った。

大門が訝った。

「どうして、冗談だというのだ？」

「先だって本物の剣客相談人様ご一行が御出でになられましたのよ」

「本物の剣客相談人たちが来ただと？」

文史郎は左衛門と顔を見合わせた。

「はい。お殿様と、髯の大男、それに傅役のご老体。あなたたちと同じように、三人組」

左衛門が笑いながらいった。

「女将、こちらが本物だ。本物の殿、それにそれがし傅役の左衛門、それから供侍の大門。先に来たのは、わしらの名を騙る真っ赤な偽者だ」

「まあ。あちらが偽者の殿様ですか。はいはい、分かりました。ではそういうことにいたします」

女将はにこやかに笑いながらいった。

文史郎は大門や左衛門と顔を見合わせた。

「まったく信じていないようだな」

「そんなことありません。お殿様」

「あちらの剣客相談人は、よくこの店に参るのか？」

「いえ。一見《いちげん》さんです。深川に遊びに御出でになられて、お立ち寄りになられただけ。大勢の芸妓さんをお連れになって」

文史郎は頭を振った。

「そうか。あちらは豪勢だのう」

「偽者の方が羽振りがいいとはなあ」

左衛門と大門は嘆かわしいという顔をした。

「お待ち遠さま」

女中たちが膳を運んで来て、文史郎と左衛門、大門それぞれの前に膳を置いた。

女将が銚子《ちょうし》を取り上げ、文史郎に差し出した。

「さ、お殿様、おひとつどうぞ」

「うむ」

文史郎は盃を手にした。女将が銚子の酒を注いだ。

「どなたか芸者さんでも呼びましょうか?」

「辰巳《たつみ》芸者か。それもいいな」

文史郎は、ふと辰巳芸者の米助《よねすけ》を思い出した。

「あら、馴染みの芸者さんが御出でなのですか?」

文史郎は思わず呟《つぶや》いた。

「米助だ。昔からの付き合いだ」

「あら、米助姐《ねえ》さんですか」

左衛門がすかさず文史郎を諌《いさ》めた。

「殿、だめですよ。遊びに来たわけではないんですから」

「分かっておる、分かっておる。本日は違う用事で参ったのだな」

文史郎は盃をあおった。

女将は左衛門、大門の盃にも酒を入れた。

大門がいった。

「そう。米助なら、わしらのことをよう知っている。本物であることもな」

「まあ。米助姐さんの馴染み客なら、お殿様たちの方が本物かもしれませんわね。いわれて見れば、あちらの殿様方は、少しお下品でしたもの」

女将は頭を振って笑った。

文史郎はいった。

「実はな、女将、それがしたちは、ここの離れに匿われている都与殿に用事があって参ったのだ」

「……なんですって？　うちの離れには、誰もおりませんよ」

女将は平然として銚子を文史郎の盃に傾けた。

「安心しろ。それがしたちは、都与殿の祖父の大栗忠早衛門殿から依頼されたのだ。都与殿と赤子小太郎を捜し出し、守ってもらいたいとな」

「……そんな方、おりませんよ。何をおっしゃっているのか」

突然、玄関先から玉吉の声が聞こえた。

「殿、来ました！　敵ですぞ！」

玄関先で斬り合う気配が起こった。

文史郎は大刀を手に立ち上がった。

「女将、離れの都与殿たちが危ない。案内せい」

「…………」

女将はどうしようかと躊躇《ちゅうちょ》していた。

「殿、ご用心を」

左衛門は廊下に飛び出し、刀を抜いた。

「大門殿」

大門もおもむろに心張り棒を手に廊下に立ちふさがった。

黒装束《くろしょうぞく》たちが廊下に土足で上がって来る。

女中たちの悲鳴が上がった。

「爺、大門、やつらを通すな」

文史郎は殺到する黒装束たちを一瞥すると、女将を背に庇った。

「女将、早く、離れへ行って逃げろと知らせろ」

「はいッ」

ようやく女将は立ち上がり、廊下を走り去った。

離れの方角で女の叫び声が上がった。

「いかん、爺、大門、ここを頼むぞ」

「お任せあれ」「任せて」

左衛門と大門が黒装束たちを相手に立ち回りはじめた。

文史郎は女将が向かった離れへと渡り廊下を走った。

離れの庭でも、数人の人影が斬り結んでいる。白刃がきらめいた。

文史郎は離れの間に駆け込んだ。

赤子を抱いた若い娘を庇うようにして一人の女が懐剣《かいけん》を構えている。女将も必死の形相で、赤子と娘を背に庇っていた。

赤ん坊は火が付いたように泣き出した。若い母親と乳母が必死になだめていた。

女たちの前に、一人の若侍が刀を八相に構えて、一人の浪人者と対峙《たいじ》していた。周りを十数人の黒装束たちが取り囲んでいる。

若侍は肩のあたりを斬られていた。鮮血が着物を染めていた。だが、気丈に浪人者と向かい合っている。

「長沼武彦！　拙者大館文史郎、味方だ。加勢いたす」

文史郎は怒鳴り、抜刀して、黒装束たちの間に飛び込んだ。すぐに数人の黒装束が文史郎に斬りかかったが、文史郎は刀の峰で叩き倒した。

黒装束たちは、文史郎の登場に慌てて左右に道を空けた。

文史郎は、その間を縫って、長沼武彦の前に走り込んだ。

「おぬし、何者でござるか……」

長沼武彦は半信半疑の面持ちだった。

「話はあとだ。安心せい」

文史郎は長沼武彦と向き合う浪人者に刀を向けた。

浪人者は、久坂幻次郎だった。

久坂幻次郎！

文史郎は緊張した。

「ほう、こんなところに殿がお出ましとはな。おもしろい」

久坂幻次郎は大刀を文史郎に向けた。

「久坂幻次郎。おぬしは、こやつらの一味だったのか」

文史郎は間合いを作った。

久坂幻次郎はほかの黒装束たちと比べて格段に腕が違う。

気合いもろとも、左右から黒装束が文史郎に斬りかかった。

文史郎は右から斬りかかった黒装束を刀で薙《な》ぎ倒した。同時に返す刀で、左から突っ込んで来た黒装束の胴を叩き払った。

さらに正面から飛び込んだ黒装束を袈裟懸けに斬り下ろした。

たちまち三人が文史郎の足許に転がった。

黒装束たちは、気を飲まれてたじろいだ。

「峰打ちだ、安心せい」

文史郎は刃を返した。

「だが、これからは容赦《ようしゃ》しない」

黒装束は一斉に後退した。

「おぬしらには無理だ。拙者が相手する。手出し無用だ」

久坂幻次郎は大声でいった。

文史郎はゆっくりと久坂幻次郎と相青眼に構えた。

間合いは一間。

「油断めされるな。相手は邪剣にござる」

後ろから長沼武彦の声が聞こえた。

いわれなくても分かっている、と文史郎は思った。すでに一度立ち合っている。そのとき、まともな剣ではない、と見極めていた。

久坂幻次郎は右下段斜めに構え直した。

いきなり、久坂の軀が動き、斬り間に飛び込んだ。白刃が斬り上げられる。

文史郎は久坂の剣を刀で受け流そうと、一歩前に出た。久坂の剣はくるりと翻り、斜め上段から文史郎に斬り下ろされた。

文史郎は思い切って久坂の軀に体当たりして、体勢を崩した。空を切って刀が文史郎の肩を掠《かす》めた。

文史郎は同時に刀で久坂の胴を薙ぐように払った。

金属音が立った。文史郎の刀は久坂の刀の鎬を削って流れた。

文史郎と久坂はぱっと離れて間合いを作った。

「殿、御加勢に参った」

「殿、大丈夫ですか」

廊下の方から、大門や左衛門が現れ、庭に駆け降りた。

大門が大音声を立てた。

「さあ、わしらが相手だ」

黒装束たちは、大門と左衛門に向き直った。

たちまち、乱戦になった。

大門は斬りかかった黒装束の胴や顔面を心張り棒で張り飛ばす。その度に、骨の折れる音が響いた。

左衛門も当たるを幸い、黒装束たちを峰打ちで叩き伏せる。

黒装束たちは、大門や左衛門の新たな登場に浮き足立った。

「引け、引け」

裏木戸に立った侍が怒鳴った。

黒装束たちは、その声に倒れた仲間たちを担ぎ上げ、一斉に引きはじめた。

「久坂、おまえも引け」

「しかし、貫兵衛殿、この勝負だけはつけさせてくだされ。……」

久坂は文史郎に刀を向けたまま不敵な笑みを浮かべた。

「久坂、いうことをきけんというのか」

「ええい。運のいい男だな」

久坂は八相に構え直し、大門や左衛門に備え、じりじりと後退した。

「待て。こやつら」

大門が追おうとした。文史郎が止めた。

「大門、逃がしてやれ」

「いいのですか？」

「捕まえても、どうせ口を割らん連中だ」

その間にも黒装束たちは、一人また一人と木戸から逃れて行く。

久坂と、貫兵衛と呼ばれた頭《かしら》の侍は黒装束たちが最後の一人まで引き揚げるのを待つ構えだった。

「次の機会には、必ず決着をつける。首を洗って待っておれ」

久坂は捨《す》て台詞《ぜりふ》を残し、頭の侍といっしょに引き揚げて行った。

文史郎は刀を鞘に納めた。

「ありがとうございます」「ありがとうございます」

都与と乳母は赤ん坊を抱えたまま、へなへなとその場にしゃがみ込んだ。

女将は腰が抜けたように畳に座り込んでいる。

「お助けいただき、かたじけない」

長沼武彦は刀を床に突き立て、軀を支えながら頭を下げた。

「大丈夫か？」

「なんのこれしき」

武彦は青ざめた顔で痛みを堪えている様子だった。

左衛門が駆け寄り、斬られた腕の様子を調べた。

「拙者が手当てをいたそう。女将、酒と清い晒《さらし》を持って来てくれ」

「はい」

女将は慌てて渡り廊下を駆け戻った。

「逃げ足の速い連中だ」

大門が裏木戸から両手の埃を払いながら、戻って来た。

大門は、赤子を抱く都与を見て感嘆の声を上げた。

「おお、お美しい姫君だのう」

乳母の御女中が大門を諌めるようにいった。

「こちらは、舘林藩主史朝様のお側女、都与様にございます」

「おお、御付きの御女中も劣らずお美しい」

大門はにやけた。

乳母の御女中は顔を赤らめた。

確かに都与は小柄で丸顔の綺麗な面立ちをしている。体付きもふくよかで、赤子の母親になったばかりの成熟した女が発する色気を漂わせていた。

御付きの乳母も、やや太めではあったが、愛敬のある優しい面立ちの女だった。

「大門、そんなことをいっている場合か」

文史郎は大門をたしなめた。

「いや、そうでござった」

慌ただしく女将や女中がお湯の入った桶や手拭い、酒壜を運んで来た。

「はい、洗い立ての晒や手拭いをお持ちしました」

「うむ。女将、ご苦労ご苦労」

左衛門はさっそく武彦の腕の切り傷にこびり付いた血糊を湯で洗い落としはじめた。てきぱきと慣れた手つきで傷の手当てをしていく。

都与がようやく泣きやんだ赤子をあやしながら尋ねた。

「ところで失礼ですが、あなた様は?」

「相談人大館文史郎でござる。お見知りおきを」

大門が脇から付け加えた。

「この方は、長屋の殿様こと元那須川藩主若月丹波守清胤様にござる」

左衛門がさらに付け加えた。

「ゆえあって若隠居の身にござる」

都与の顔が明るくなった。

「まあ、あなた様が剣客相談人のお殿様にございましたか。常々噂には耳にしておりました」

乳母が話を引き継いだ。

「最近、両替屋に押し込んだ盗賊たちを三人で撃退なさったとか」

「いや、それは……それがしたちではないのだが……」

文史郎は左衛門や大門と顔を見合わせた。

文史郎は都与にいった。

「実は、おぬしの祖父大栗忠早衛門から、出奔した都与殿と赤子を捜し出し、守ってくれぬかと依頼されたのだ」

「お祖父《じい》様が……そうでございましたか」

都与は安堵の表情になった。

文史郎は都与たちにいった。

「ともあれ、ここは、いつ何時《なんどき》、また敵が態勢を整えて襲ってくるか分かり申さぬ。ひとまず、もっと安全な隠れ家にお移りなさった方がよかろう」

「しかし、どちらへ？」

武彦が訝った。文史郎がうなずいた。

「我ら相談人にお任せあれ」

二

舘林藩上屋敷の広間には、穏やかな春の陽が差し込んでいた。

庭の梅の木に咲いた花がほのかな薫《かお》りを漂わせている。

脇息に軀を預けた藩主の冬元史朝は、城代の藤堂龍造と、筆頭家老田原守膳の話に耳を傾けていた。

藤堂が詰問口調で史朝にいった。

「殿にあられましては、密かに剣客相談人、長屋の殿様とやらに、都与殿親子の捜索を依頼なさったとか。ほんとうでございますか」

「心外にございますぞ。我々を信頼せず、どうして、そのような、ほんとうに殿様だったのかどうかも分からぬ怪しい人物に捜索を頼むとは、言語道断でござろう」

田原守膳も苦々しい顔でいった。

「ははは、二人とも何を危惧《きぐ》しておるのだ。余は、藩を挙げて、都与と赤子を捜すように命じたはず。誰がどのような人間に依頼しようが、無事に都与と赤子を捜し出し、連れ帰ってくれるのなら、文句はいわぬ」

史朝は鷹揚にいった。

「そうは申しましても、館林藩六万石の当主としての面子というものがあります。どこの誰とも得体の知れぬ者を使って捜すのは、得策とは思えませぬが」

田原守膳は頭を左右に振った。藤堂龍造が忿懣やる方ないという顔でいった。

「万が一にも、その剣客相談人たちが裏切り、都与殿親子に危害でも加えたりした場合は、殿は、いかがいたすおつもりでござるか？」

「藤堂、おぬしも心配性だのう。聞くところによると、剣客相談人は仮にも一国一城の主だったそうではないか。いまは若隠居の身で、庶民のよろず相談事にのってやっていると聞く。そのような人物が、都与親子に危害を加えたりするとは思えぬが。それよりも、余に不満を抱く家中の者が、都与親子を抹殺せんとしているという噂もあるが」

史朝はじろりと藤堂と田原に目を流した。

藤堂はたじろいだ。

「滅相もない。誰が、そのような噂を流しているのか、おおよそ見当はつきますが、それはとんだ誤解というものにございますぞ」

「ほう。そうかのう」

史朝は藤堂を睨んだ。藤堂は青ざめ、下を向いた。田原守膳がいった。

「殿は、どなたに、そのような考えを吹き込まれたかは分かりませぬが、とんでもない流言蜚語《りゅうげんひご》にございますぞ。それより、万が一にも、その剣客相談人が都与殿たちに危害を加えるようなことがありましたなら、その責任は誰が取るというのですか？城代もそれがしも、そのような剣客相談人のことは聞き及ばず、何もご指示をいただいておりませぬので、万が一の場合、責任を取ることはできかねますが」

田原守膳は藤堂と顔を見合わせ、うなずきあった。

「ははは。心配するな。万が一のことがあったとしても、そちたちの責任ではないぞ」

「では、どなたが責任をお取りになるのでござるか？」

史朝はむっとした。

「それは、いうにおよばずだ。そのときには、余が考える。心配するでない。それより、都与たちの身に危害が加わらぬよう、そちたちも心がけてくれ。そちたちの部下にも、その旨をよく伝えておくように。いいな」

「ははあ。畏まりました」

史朝は席から立ち上がった。お小姓が刀を捧げ持ちながら、あとに続いた。

「畏まりました」

藤堂龍造と田原守膳は平伏して、史朝が広間を出て行くのを見送った。

史朝が小姓や供侍を連れて廊下に姿を消すと、藤堂と田原は顔を見合わせ、にんまりと笑い合った。

「田原様、うまく参りましたな」

「ほんとに、あとは抜かりなく行くのであろうな」

「心配無用。大丈夫でござる。それがしたちには、田丸兵衛助様がついておるのでござるぞ。あとは、偽剣客相談人たちが、うまく立ち回ってくれましょうぞ」

「田丸様も悪い御方ですのう」

藤堂と田原は、ひそひそと話し合い、笑い合った。


広間を出た史朝は、その足で、奥へは行かず、書院の間に戻った。

書院には中老の大栗忠早衛門がかしこまって控えていた。

史朝が書院に入ると、すぐさまお小姓が出入口の襖を閉めた。警護の供侍が廊下や隣の部屋に入って控えた。

「大栗、どうだ？　剣客相談人たちは都与たちを捜し当てたか？」

史朝は席に座ると、すぐさま訊ねた。

「先ほど、手の者から知らせが入りました。剣客相談人たちが、無事都与殿と小太郎様を保護したとのことにございます」

「そうか。でかした。で、どこにおるのだ?」

「それはまだ。まずは別の隠れ家にお連れして、敵の手からお守りすることになりました」

「なに、敵の手から守ると申すのは、何かあったのか?」

「はい。先の隠れ場が何者かに襲われたとのことにございます」

「都与と小太郎は無事だったのだろうな」

史朝は脇息から身を乗り出した。大栗はうなずいた。

「はい。ご安心くださいますよう。駆け付けた剣客相談人たちが、敵方を撃退し、無事都与と小太郎様を保護いたしましたとの由」

「よかった。剣客相談人には感謝せねばならぬな。大栗、おぬしからまずは余の感謝の念を伝えておいてくれ」

「はい。畏まりました」

「ところで、その剣客相談人たちは、ほんとうに信用できるのだろうな。藤堂と田原から、いろいろと詰問されたのでな」

「ご心配なく。剣客相談人は信用できる殿様にございます。いまは若隠居でございますが、一目見れば、人品卑しからぬ高貴な殿様であることがお分かりいただけましょう。それに、元藩主であっただけに、お世継問題については、よく分かっていただける御方でございます」

「そうか。それを聞いて安堵いたした。ところで、いつ都与たちと会えるのか？」

「いましばし、時間がかかるかと」

「なぜだ？」

史朝は訝った。

「なぜ、都与が出奔いたしたのか、その原因が解決しておらねば、もし戻っても、ただ都与と小太郎の身が危なくなるだけのこと。都与は、それを恐れております」

史朝は溜め息をついた。

「……そうだろうな。余も、それを危惧しておる。何か方法はないか？」

毛利家から冬元家に養子に入り、つくづく厄介に思ったことは、藩内の守旧派と藩政改革派の対立、ひいては佐幕派と勤王攘夷派の争いだった。

己が毛利家から冬元家の養子に招かれたのも、守旧派で佐幕派である藩要路たちが、幕府と相談して考え出した、藩内の藩政改革派や勤王攘夷派を少しでも懐柔せんとする策だった。勤王攘夷に理解のある毛利家の血筋を引く主君なら、勤王攘夷派で藩政改革派もおとなしくいうことを聞くのではないか、という思惑である。

だが、守旧派要路や幕府の思惑は外れ、両派の対立は、お世継問題でさらに激化の一途を辿っている。

大栗忠早衛門が思い余ったようにいった。

「これから申し上げるのは、孫娘である都与の祖父として、可愛さのあまりのことでございまするが、よろしうございましょうか？」

「うむ。よかろう」

大栗は顔を上げた。

「失礼の段は、平《ひら》にお許しくださいませ。殿は、真実、都与を愛しいと思っておられるのでしょうか？」

「なにを疑うのだ？　余が都与を愛しいと思う気持ちに嘘偽りはないぞ」

「ならば、小太郎については？」

「余と都与の子だ。なぜ、愛しくない、といえようか」

「では、敢えて申し上げます。正室優子様との間に生まれた百合姫様については、いかがですか？　そして、側室柚の方との間に生まれた姫君は、いかが思われておりますか？」

「二人とも姫だが、我が子に変わりはない。二人とも憎かろうはずはない。しかし、大栗、なぜ、そのようなことを余に尋ねるのだ？」

史朝は不快そうにいった。

「では、申し上げましょう。これこそ、すべてを丸く治める方法にございます」

大栗忠早衛門は史朝を見上げた。

三

文史郎の頼みを聞いた弥生は、満面に笑みを浮かべて大きくうなずいた。

「分かりました。文史郎様、それがし、身命を賭《と》して、都与様と小太郎様をお預かりして、お守りいたしましょう」

都与がほっと安堵の表情になり、弥生に深々と頭を下げた。

「なにとぞ、よろしうお願いいたします」

都与の脇に座った乳母と武彦も、いっしょに頭を下げた。

「よろしくお願い申し上げます」

「拙者からもよろしうお願いいたす」

弥生はにこやかにうなずいた。

「都与様たちには、離れをご用意いたしますから、どうぞ、ゆるりと安心してお過ごしください。それがしをはじめ、道場の門弟一同、都与様たちをお守りしましょう。いいですね、師範代」

師範代の武田広之進もうなずき、周りに詰めた高弟たちを見回した。

「もちろんです。皆、いいな」

四天王の一人高井真彦が真っ先にいった。

「この大瀧道場に通う門弟一同、一丸となって都与様たちをお守り申す」

「異議なし」

藤原鉄之介が手を上げ大声を出した。

北村左仲も声を張り上げた。

「敵が幾万押し寄せようと、一騎当千《いっきとうせん》の我らがいる限り、ここは安心でござる」

「そうだそうだ」

その場にいた高弟たちも口々に賛意を示した。

「北村、少し大げさだぞ。幾万も敵が来たら辛い」

高井真彦がいった。

「比喩《ひゆ》だ比喩。そういう気概だということだ」

北村が言い訳した。

文史郎は門弟たちを手で制した。

「静かに。一般の未熟な門弟たちまで巻き込むわけにはいかぬ。あくまで、それがしたち三人が主となって都与殿たちをお守りする。弥生や師範代、それからここに詰めている高弟諸君に交替で、警護の手伝いをお願いいたしたい」

門弟たちは騒めいた。

文史郎はさらに付け加えた。

「それから、お願いがもう一つある。当分の間、都与殿たちがいることを口外せず、内密にしておいてほしい」

「しかし、文史郎殿、敵方は、都与様たちがこの道場に連れて来られたことを知っているのですか？」

師範代の武田が訊いた。文史郎は頭を左右に振った。

「ここへ来るにおいては細心の注意を払ったつもりだ。一度は船で大川を下り、江戸湾にまで出て、わざわざ尾行がないのを確かめた。おそらく、いまのところ、都与殿たちをここにお連れしたことは敵方に知られていないと思う」

弥生が笑いながら、そっと文史郎に囁いた。

「文史郎様、これで、それがしも、剣客相談人の仲間に入れていただいたと考えていいのでしょうね」

「まあ、考えておこう」

「殿、だめだとおっしゃるなら……」

弥生は眇《すがめ》で文史郎を睨んだ。

「分かった分かった。弥生を相談人仲間に加えよう。それでいいのだな」

「武士に二言はないでしょうね」

「ない」

弥生は満足気に笑い、席を立った。

脇で聞いていた左衛門がいった。

「殿、いいのですか？　武士に二言はないなんていってしまって」

「まあ、仕方なかろう。ここで揉めたくない」

文史郎は頭を振った。

そんなことよりも、これから、どうするのか、ということこそ心配だった。

大栗忠早衛門には、玉吉を使いに出して、都与親子の身柄を確保したことを伝えた。

長沼武彦が浮かぬ顔で文史郎にいった。

「ところで、どうして、小料理屋『小波』に隠れていたのが、敵方に分かったのでしょうね」

「お庭番の手にかかれば、おぬしたちの足取りを辿るのは容易《たやす》いこと。大門、おぬし、いかが思う？」

文史郎は大門に目をやった。大門はいった。

「おそらく、菩提寺《ぼだいじ》に張り込まれていたのではないか、と」

「なるほど」

「敵は、都与殿がきっと墓所の父上の墓にお参りすると見張っていた。そして、都与殿が現れると、じっくりとあとをつけた。そうすれば、あの小料理屋を突き止めるのは容易いこと」

「まあ。私は見張られていたというのですか？　なんて空恐ろしいこと」

都与は身をすぼめた。

文史郎は、ふと思い出した。

「ところで、つかぬことをお尋ねしたい。お父上のことだ。和尚によると、父上の骨壺には、おぬし宛ての遺言書が入っていたということだが」

「遺言書ではありませんでした」

「では、なんだというのだ？」

「……実は父上が生きているという手紙でした」

大門が満足気にうなずいた。

「やはり笠井才蔵殿は生きておられたか。そうではないか、と拙者は前から思っておった。のう、左衛門殿」

「ほんとに大門殿の考えが当たっていましたか。いや、これは驚いた」

左衛門が呆れていった。文史郎は都与に訊いた。

「その書状は、いまお持ちかな？」

「いえ。焼きました」

「焼いた？　なぜに？」

「手紙の最後にあったのです。この手紙は、ほかの人に読まれたくない。読み終わったあとは、焼却するようにと」

文史郎は溜め息をついた。

「ほかに何が書いてあったのです？」

「父上は藩命により、止むを得ず、盟友で公儀隠密の同僚黒木又衛門を斬ったが、それは悔やんでも悔やみ切れない間違いだったとありました。父上は知らず知らずのうちに、藩を取り潰そうというある幕閣の陰謀に乗せられ、加担していたと。それは公儀にも反する、私利私欲の陰謀だったというのです」

「ほほう。ある幕閣の陰謀だというのか？」

「父上は殺《あや》めた友の霊を慰めるために、得度《とくど》して、山の寺に籠もることにした。そこで残りの一生を友の供養に尽くして過ごすつもりだとあったのです」

「黒木又衛門を殺めたことを悔いて、妻も子も捨て、すべての縁を切って仏門に入ったわけだな」

左衛門が訊いた。

「その幕閣の陰謀についてはなんと書いてあったのです？」

「いえ、それは何もなかった」

「そうでしたか。なかったですか」

都与はふと何かを思いついた様子だった。

「そう、一つ思い出しました。黒木又衛門様は、その陰謀を暴こうとして、在所から江戸へ上がり、大目付様に何かを訴えようとしていた、と」

「大目付ですと？」

文史郎は左衛門と顔を見合わせた。

大目付といえば、地方の藩の動向を監視するだけでなく、老中以下幕閣の監視も行なう役目だ。

しかも、大目付の一人には、文史郎の実兄の松平《まつだいら》義睦《よしのぶ》がいる。

文史郎は都与に尋ねた。

「その山寺は、どこにあるというのだ？」

「それは書いてないのです。ただ、昔、若いころに剣の修行をした山寺に籠もっているというのです。そうしたら、武彦様が御存知だというので……」

都与は傍らの武彦を見た。

武彦はうなずいた。

「父心斎からよく聞かされていました。筑波山麓にある山寺の寿光寺だろうと。それで、それがし、明日には、都与殿たちといっしょに筑波へ向かうつもりだったのです。寿光寺にさえ行けば笠井才蔵様がおられるので、そこに身を隠すのが一番だろうと思ったのです」

左衛門が文史郎にいった。

「殿、どうでしょう？ 至急に寿光寺に使いを出し、笠井才蔵殿に来てもらうというのは、いかがなものでしょうか？」

「それで、どうするつもりなのだ？」

文史郎は訝った。

「それがしが思うに、この度の都与殿をめぐるお世継騒動は、どうも陰謀の臭いがしませんか？ 黒木又衛門が大目付に訴えようとしていた陰謀が、もしかして、いまも続いているのかもしれない」

「うむ」

「笠井才蔵殿に来ていただき、すべてを暴露していただくというのは、いかがでしょうか？ 娘の都与殿を救うためなら、きっと笠井才蔵殿はやってくれる。そう思うのですが」

「ほう。左衛門殿はさすがいいことをいう。拙者も賛成でござる」

大門も賛意を示した。

文史郎はいった。

「そうか。陰謀の背後に幕閣がいるとなれば、相手として不足はない。よし、寿光寺に使いを出して、笠井才蔵殿を呼ぼう。娘のため、出て来てくれればよし。出て来なくても、代わりに、陰謀のすべてを記した書状を寄越してもいい。そうお願いしようではないか」

文史郎は都与に目をやった。都与はいった。

「殿、私が父上に手紙を書きます。誰か、その手紙を父上に届けていただければいいのですが」

「分かった。玉吉に頼んでみよう。玉吉の手下には、早飛脚《はやびきやく》をしている者もいたはずだ」

文史郎は大きくうなずいた。

四

蠟燭の火がじじーっと音を立てた。

庭の池の方から鹿威しの音が響いた。

「そうか。史朝め、百合姫に婿養子を取り、世継にすると言い出したというのか。考えたな」

　御側御用取次田丸兵衛助は腕組をし、唸るようにいった。

「いったい、誰の入れ知恵だ？　家老の小塚正成か？」

「いえ。小塚たちは都与の子小太郎をお世継にと考えておりましたゆえ、寝耳に水と慌てふためいております。殿に小太郎をお世継にと、再度お願いしていますので、小塚たちではなかろうと」

　筆頭家老田原守膳は憮然とした顔でいった。

「まさか、史朝自身が考えたというのか？　先日まで側女の都与の産んだ嗣子に継がそうとしていたというのに、なぜ、急に心変わりをしたのだ？」

「……分かりませぬ」

　田原守膳は首を傾げた。

「もしや……中老の」

「誰だというのだ？」

「中老の大栗忠早衛門が、時折、殿に呼ばれておりまして……いや、しかし、そんなはずはない」

　田原守膳は頭を振った。田丸が訝った。

「大栗忠早衛門？　いったい何者だ？」

「都与の母方の祖父にございます」

「と、申すと、笠井才蔵の義父か？」

「さようにございます」

「そうか。笠井才蔵の義父のう。因果《いんが》なものよのう」

田丸は笠井才蔵を思い出した。笠井才蔵は筆頭家老田原守膳の画策で出された藩命により、やはり黒木又衛門を上意討ちしたものの、相討ちとなって死んだ。

だが、もし笠井才蔵が生き残っても、田丸は貫兵衛に始末するように命じてあったので、いずれにせよ、死ぬ運命になっていた。

田原守膳も溜め息混じりにうなずいた。

「そうでございますな。よりによって殿がお手をつけた女が笠井才蔵の娘だったとは……」

「親の因果が子に報いとは、よくいったものだのう」

「はあ。まったくですな」

「その笠井才蔵の義父の大栗が、史朝に入れ知恵したというのか？」

田原守膳は頭を振った。

「まさか。田丸様、大栗は孫娘の都与が産んだ子がお世継になるのを喜ぶことはあっても、お世継にしないように殿に進言するとは思えません」

「なるほど。それもそうだ」

田原守膳は苦々しくいった。

「困ったことに、城代の藤堂龍造がかなり動揺しております。今朝も、わざわざ拙者のところにやって来て、しばらく様子を見ることにしないか、と申しておりました」

「……城代め、史朝から孫娘百合姫が迎える婿養子がお世継になるといわれて、変心しおったか」

田丸はふと腕組を解いた。

蠟燭の炎がかすかに揺れた。廊下に人の気配がした。

田丸は廊下の襖に顔を向けた。

「誰か？」

「貫兵衛にございます」

襖越しにくぐもった低い声がした。

「貫兵衛か。待っていた。入れ」

「はい」

襖が音もなく開き、菅野貫兵衛が部屋に入り、襖を閉めた。

「遅くなりました」

貫兵衛は膝行し、田原守膳に頭を下げた。

田原守膳もうなずき返した。

田丸兵衛助は貫兵衛に訊いた。

「どうだ、首尾は？」

「ようやく都与たちの居場所を突き止めました」

「でかした。で、どこだ？」

「しかし、厄介なところです」

「厄介だと？　なぜだ？」

「剣客相談人たちは都与たちを、江戸でも有数の道場に連れて行ったようなのです」

「道場だと？」

「はい。大瀧道場と申す町道場で」

「大瀧道場だと？」

「はい。小野派一刀流《おのはいっとうりゅう》の流れを汲む大瀧派一刀流を教える道場です。道場主が若くて美女なので、えらく評判がよく、大勢の門弟を抱えています」

「美女が道場主だと？」

田丸兵衛助は田原守膳と顔を見合わせ、侮《あなど》るように笑った。

貫兵衛は続けた。

「その女道場主が侮りがたく、滅法強い。道場破りが、ことごとく打ち負かされております。さらに師範代以下、門弟たちもひどく腕が立つ。もし、襲って都与たちを連れ去ろうとしても、こちらもかなりの犠牲者が出るのを覚悟せねばなりますまい」

「ほう」

「都与たちは、その道場主の女剣客や腕が立つ門弟たちに二重三重に守られており、我らも容易には手を出せません」

「なるほど」

「しばらく手の者に、道場を見張らせております」

貫兵衛はふっと息をついた。

「貫兵衛、こちらにも、動きがあった。田原、ちと説明してやれ」

「はい」

田原守膳は貫兵衛に、これまでの経緯を話して聞かせた。

話を聞き終わると、貫兵衛は考え込んだ。

「情勢が一変しましたな。それでは、都与たちを拉致する意味がなくなりましたな」

「そうなのだ。では、どうするか？」

「……藤堂龍造殿があちら側に寝返る前に、事を急がねばなりますまい」

田丸兵衛助は訊いた。

「貫兵衛、何か秘策はあるか？」

「こうなったら、急ぎ、先手必勝で、事を進めるしかありますまい」

「どういうことだ？」

貫兵衛はすぐには答えず、田原守膳に向き直った。

「田原様、史朝様が城に上がらず、近々、どこかへお出かけになる機会はござらぬか？」

田原守膳は考え考えいった。

「ううむ。あるにはある」

「どのような」

「近々、殿は法会《ほうえ》に出掛ける」

「どこで法会は行なわれるのでござるか？」

「冬元家代々の菩提寺である上野安泰寺《あんたいじ》だ」

　貫兵衛は田丸兵衛助に向き直った。

「田丸様、その機会に事を強行するしかありませぬな」

「強行するだと？」

「はい。あの偽剣客相談人たちを乗り込ませ、史朝に御目見得《おめみえ》させるのです」

「史朝が会うかの？」

「会うはずです。史朝殿は都与たちを捜してくれと、剣客相談人に依頼しているとのことですから」

　田原守膳もうなずいた。

「そう。殿は、誰を通してか分かりませぬが、密かに剣客相談人に都与を捜し出すように依頼しているのが分かっています」

　貫兵衛はにやりと笑った。

「ですから、嘘でもいい、偽剣客相談人たちが都与を連れて来たといえば、史朝は喜んで会うことでしょう。そのときに」

　貫兵衛は手で喉を掻っ切る仕草をした。

　田丸兵衛助と田原守膳は、あまりにも貫兵衛の大胆不敵な策を聞いて顔を見合わせた。

五

夕暮れが安兵衛店を覆いはじめていた。

大門甚兵衛は道場で、若い者相手に稽古をしたあと、いつものように湯屋に寄って、一風呂浴びた。躯がぽかぽかに温まっている。

裏店の細小路には、干物を焼く匂いやら、薪《まき》を焚《た》く臭いが漂っていた。

いつもなら、文史郎や左衛門といっしょに湯屋へ行くのだが、都与たちを弥生の家に匿うようになってからは、三人が交替で道場に詰めるようになったため、別々に湯屋に行くように変わったのだった。

昨日は、大門が当番だったので、終日道場に詰めていた。今夜は左衛門と当番を交替して、長屋へ帰り、一晩ゆっくり休むことができる。

夕餉の支度をしなければならないが、弥生から鯵《あじ》の干物を貰っており、それを焼くのも楽しみだった。

大門は、自分の長屋の前まで来て、おやっと顔をしかめた。

油障子戸が開けられたままになっており、台所の格子窓から青い煙が棚引《たなび》いている。

「誰かいるのか？」

　大門は長屋の戸口から中を覗き込んだ。

　部屋の行灯には灯が入れられ、台所に人の気配がする。

「あら、お帰りなさい」

　台所から、紐《ひも》で襷《たすき》掛《が》けし、手拭いを姐さん被りした女が立ち上がった。

「勝手にお邪魔させていただいておりましたよ」

　行灯の暗い明かりに、早百合の白い顔が浮かんだ。

「おう、早百合殿ではないか。どうして、ここに？」

「ちょいと、大門さんのお顔を見たくなって」

　大門は思わぬことに胸がどきりとした。

「夕飯はまだなのでしょ？」

「うむ。まだでござる」

　大門はどぎまぎしていった。

　台所の竈《かまど》に火が見えた。釜からご飯の炊ける匂いが漂ってくる。

「ただ一人で待っているのもつまらないから、夕飯の支度してましたよ。いっしょに食べたいと思って。いいでしょ？」

「あ。かたじけない」

台所からは、味噌汁《みそしる》の芳《かんば》しい匂いも漂ってくる。

「大根の煮付けと白菜の浅漬け、豆腐《とうふ》の味噌汁くらいしかないけど、我慢してね」

「あ、はい。ちょうどよかった。干物を貰ったところだ」

大門は手に下げた鰺の干物を差し出した。

「まあ、うれしい。すぐに焼きましょうね」

早百合は干物を受け取ると、さっそく七輪《しちりん》を用意し、竈の口から真っ赤になった炭を七輪に移した。

「さ、お疲れでしょう？　あなたは休んでらして。すぐにご飯が炊けますからね」

「は、はい」

大門はいくぶんおどおどしながら、部屋に上がり、行灯の傍に座った。すでにふたつの箱膳が向かいあって用意されてある。

早百合は鉄製の網を七輪にかけ、干物を載せた。団扇《うちわ》でばたばたと炭火を扇《あお》いでいる。

まるで早百合は自分の家の台所で働いているかのように甲斐甲斐《かいがい》しく台所仕事をしている。

いったい、どうなっているのだ？

大門は面食らっていた。

これが恋女房との暮らしというものなのだろうか。

大門はなんとなく、幸せな気分になって来た。

「あのう、早百合殿は、どうして、ここに？」

「さあ、できましたよ」

早百合は竈から釜を下ろし、お櫃《ひつ》に炊きたてのご飯を移しはじめた。食欲をそそるご飯の匂いが大門の鼻孔をひくつかせた。

早百合は手際よく箱膳におかずの入った器を並べた。焼き上がった鯵の干物を皿に移して、箱膳に運ぶ。

お櫃を脇に置くと、しゃもじで炊きたてのご飯をよそい、大門の茶碗にご飯を山盛りにして差し出した。

「さ、召し上がれ」

自分の茶碗には、ほんの少ししかご飯を入れてない。

「遠慮なくいただきます」

大門はわけが分からなかったが、正座して両手を合わせ、さっそくにご飯を食べはじめた。

「まあ、大門様はお行儀がいいこと」

「そうで、ござるか」

大門は照れながら、干物を千切って口に運んだ。

早百合は膝を崩して科《しな》を作った。艶《あで》やかな早百合の姿に、大門はごくりと喉を鳴らして、ご飯の塊《かたまり》を飲み込んだ。喉に詰まりそうになり、慌てて味噌汁を啜った。

「あら、大門さん、大丈夫ですか」

「大丈夫でござる。それにしても、突然に、どういうことでござろうか」

大門はどぎまぎしながら訊いた。

「実は、大門さんにお願いがあって、お訪ねしたんです。私のお願い、聞いてくださるかしら」

「うむ。聞く聞く」

「なんでも?」

「おぬしのいうことなら、なんでも聞こう」

「まあ、うれしい。ほんとね」

「ほんとだ。どんな願いだ?」

「……私の熊さんを助けてほしいの」

「私の熊さん？」

大門はまたご飯の塊が喉に詰まり、激しく咽《む》せはじめた。

「たいへん」

早百合は大門の後ろに回り、どんどんと背中を叩いた。ようやくご飯の塊が喉元を通り抜け、大門は胸元をさすった。

「はい。お水」

早百合は水瓶《みずがめ》から杓で水を掬《すく》い、湯呑み茶碗に入れて、大門に差し出した。

大門は湯呑みの水を飲んだ。ようやく塊は喉元を通り過ぎた。

「熊さんというのは、偽の大門のことだろう？」

「そう。私と所帯を持ちたいといってくれた熊の大門さんのこと。お願い、助けてください。後生《ごしょう》です。この通り」

早百合は大門に手を合わせて拝んだ。

大門は少しがっかりして訊いた。

「いったい、偽大門がどうした、というのだ？」

「私の熊さんが、あの殿様たちに嫌な仕事をさせられそうなんです。でも、断れば殺されるだろうって。だから、私の熊さんを助けてほしいんです。お願い」

早百合は必死に大門に訴えた。

六

道場の方から、引っきりなしに気合いや竹刀を打ち合う音、床を踏み鳴らす音が響いて来た。

座敷から見える庭には、春の暖かい陽射しが、草木の緑を照らしている。

隣の部屋には乳母にあやされた乳飲み子が眠っていた。

座敷には、文史郎をはじめ、左衛門、弥生、都与、長沼武彦の面々が、大門を取り囲み、話に聞き入っていた。

大門の話が終わると、文史郎は床の間の柱に寄りかかって腕組をした。

「爺、どう思う？　この話」

「信じるか、信じないかで、対応が大いに変わりますな。もしかすると、我らをおびき出す罠かもしれないし」

大門が手を振っていった。

「左衛門殿、それはないない。あの早百合に限って、それがしに嘘をつくはずがない」

　左衛門は頭を振った。

「ほれほれ、大門殿は美しい女子に甘いですからな。とりわけ、自分に寄ってくる女子にはすぐになびいてしまう」

　弥生と都与は何もいわず、そっと目を合わせて笑った。

　大門は頭をぼりぼりと掻いた。

「左衛門殿、ほうれ、弥生殿も都与殿も、それがしを誤解なさってしまうではないか。これはほんとのこと。せめて、殿は信じていただきたい」

「どうかのう」

「まったく、殿までも、冷たい。ともかく、あの偽大門も面と向かって会って話してみると、見かけこそ、いかにも悪相だが、決して心底から悪い男ではない。ほんとに困っておった。とても罠を仕掛けようという話ではなかったのでござる」

　文史郎は笑いながらいった。

「そうかのう。見かけなら、大門の方が偽者よりもずっと悪相に見えるが」

「殿までがそんなことを」

「冗談冗談。気にするな」

「気にします」

大門は不貞腐《ふてくさ》れた。左衛門が宥めながら大門にいった。

「なんと大門殿は偽大門に直接にお会いになったというのか？」

「うむ。それがしも早百合の話だけではさすがに不安に思い、翌日、屋敷を抜け出して来た偽大門の熊野大介と、水茶屋で会って話をした。あの熊、話してみると、根は優しくてな。実に誠実な男だった」

文史郎は笑いながらいった。

「なぜ、そう思ったのだ？」

「やつは、それがしと立ち合い、負けたとき、命を助けてくれたことに恩を感じたらしい。その恩返しになろうか、というのだ」

「なぜ、恩返しだというのだ？」

「もし、企て通り、偽殿たちが法会の席で史朝様にお目通りした際に襲いかかり、暗殺して逃げ果《おお》せたら、その藩主殺しの汚名は、本物の殿やそれがしたちが負いかねない。田丸兵衛助も、それが狙いだと申しておったというのです」

「それがしたち剣客相談人に、藩主殺しの汚名をかぶせるのが、田丸の狙いだというのか？」

文史郎は左衛門と顔を見合わせた。

「なぜ、田丸は、そのように、それがしたちを目の敵《かたき》にするのだ？」

「熊の話では、二年前に舘林藩の内紛をめぐって、何かあったようにいっておりましたな」

「二年前ですか？」

都与が首を傾げた。隣に座った長沼武彦が都与にいった。

「都与様、もしや、お父上の笠井才蔵様の上意討ちにからんでのことではござらぬか？」

「かもしれませんね。殿、父上が討った相手の黒木又衛門様は、密命を帯びた公儀隠密だったという噂がありました。舘林藩にまつわるご公儀の陰謀をほかならぬ公儀隠密の黒木又衛門様が嗅ぎ付け、急ぎ大目付様に知らせようとした。それを知った筆頭家老が父上に上意討ちの藩命を出し、父上は止むを得ず黒木様を追って討ったと」

大門がうなずいた。

「きっとそれだ。熊野大介も、いっておりましたな。田丸は、誰とはいわなかったが、企てがうまく行けば、大目付を失脚させることができると。田丸にとって、その大目付は目の上の瘤《こぶ》のようにいっていたそうですぞ」

「殿、もしや、大目付の松平義睦様のことではありませぬか」

左衛門が訝った。

文史郎もうなずいた。

「余も、ふと兄者松平義睦のことではないか、と思っていたところだ」

左衛門は続けた。

「もし、田丸が大目付の松平義睦様への意趣返《いしゅがえ》しを考えていたとしたら、すべてが符合しますぞ。松平義睦様の実弟である殿が、舘林藩藩主史朝様暗殺を行なったとなれば、松平義睦様もお立場が悪くなりましょう。おそらく田丸のこと、松平義睦様が暗殺事件の黒幕であるという偽の証人や証拠をでっちあげ、将軍様に告げるつもりなのでしょう」

「しかし、我らが本物の剣客相談人だと名乗り上げ、偽者たちがやったことだといえば、田丸の目論見《もくろみ》も水の泡になるのではないか」

「殿、甘いですぞ。ずる賢い田丸のこと、お庭番の総力を上げて、それがしたち全員を消そうとするに違いありません」

「その前に、偽者たちが藩主暗殺を図ったあと、生きて捕まれば、すべての陰謀は明らかになろう。それがしたちの仕業ではない、となるではないか？」

　大門が口を開いた。

「殿、そのお考えも甘いですぞ」

「甘いだと？」

「熊野大介も申しておりました。偽殿たちについては田丸の下で働くお庭番が、なんとしても偽殿たちの逃げ道を切り開き、逃走を手助けするとのことでした」

「ほほう」

「もし、偽殿たちが生きて捕まり、企てのすべてが大目付に知られたら、今度は田丸たちの命取りになる。だから、偽殿の判沢慶次郎たちは絶対に捕まらぬように逃がすと田丸はいっていたそうです」

「……うまく行くのかな」

「殿、そこです。あの熊野大介もいっていました。田丸は恐ろしい御方だ。役目を果たしたあとの自分たちを、そのまま逃がすわけはない、と。きっと、どこかへ連れて行き、そこで抹殺されるだろう。生きて、世間に戻さぬつもりだろう、と。それで、熊野大介は、それがしに、どうしたらいいか、と相談を持ちかけて来たのです。なんとか、助けてくれぬかと」

「ううむ。そういうからくりになっているか」

文史郎は唸った。

「殿、いかがいたしましょうか」

左衛門は膝を進めた。

「法会は、明日だというのか？」

「はい。時間はありません」

文史郎は大門に向き直った。

「つまり、法会の日、偽殿たちは都与殿たちを連れて、寺に乗り込み、喜んで迎えようとする史朝様を襲って暗殺する手筈だというのだな」

「しかり」大門はうなずいた。

文史郎は腕組をしていった。

「敵は安泰寺にあり」

「殿、なんですか？　それは」

「こうなったら、それがしたちも、都与を連れ、堂々と安泰寺に乗り込もうではないか」

「はあ？」左衛門はきょとんとした。

「まさか」大門も意外な面持ちで面食らっていた。

「史朝の前で、どちらが本物の剣客相談人なのか、名乗り出て、決着をつける。それが、田丸の陰謀を未然に防ぐ最良の策と見たが、いかがかな?」

一瞬、座敷に沈黙が流れた。

「賛成です。私、殿とごいっしょいたします」

都与が覚悟を決めた様子でいった。

長沼武彦も都与を見ながらいった。

「それがしも、御供します」

弥生も文史郎に頭を下げた。

「殿、それがしも、剣客相談人の一人として殿に御供いたします」

「なんと瓢簞《ひょうたん》から駒が出たとは、このようなことですな。爺も、もちろん参りますぞ」

「そう来なくては。それがしたちが乗り込めば、あちらの熊野大介も、わしらにすぐに寝返ることでしょう。そうすれば、約束通り、熊を助けることができましょう」

大門も安堵したように笑った。

文史郎はうなずいた。

「では、爺、さっそくに中老の大栗に会おう。会って明日の法会のことを聞き出そう」

「分かりました。すぐに出掛ける支度を……」

左衛門が立ち上がろうとした。

廊下に足音がした。

門弟の北村左仲が急いでやって来た。

「殿、玉吉が戻りました」

「おう、戻ったか」

文史郎は道場の出入口に目をやった。

玉吉が現れた。ついで師範代の武田広之進に案内された旅姿の僧侶が見えた。

「殿、ただいま帰りました」

玉吉は腰を屈め、座敷の文史郎たちに頭を下げた。

「玉吉、ご苦労であった。後ろの方は」

文史郎が後ろから来る僧のことを問おうとしたとき、都与が立ち上がり、廊下の僧の許に駆け寄って蹲《うずくま》った。

「お父様……」

「都与」

　僧侶はしゃがみ込み、泣きじゃくる都与の背を撫でた。

「やはり生きてらっしゃったのですね」

「都与、心配をかけたのう。母の佐代は元気か？」

「はい。……お父様が生きてらしたと知ったら、さぞお喜びになることでしょう」

　長沼武彦が廊下に進み出た。

「笠井才蔵様、よくぞご無事で」

「おう、武彦殿、都与がだいぶおぬしに世話になったようだのう。済まぬな。私がいなかったために、おぬしにまで迷惑をかけてしまった。まことに申し訳ない」

「……お懐かしうございます」

　武彦も腕で目を拭った。

　笠井才蔵は日焼けした顔をくしゃくしゃにして、都与と武彦の肩を叩いた。

「お父様、こちらにおられるお殿様に、私たちは助けていただいたのです」

　僧姿の笠井才蔵は廊下に正座し、文史郎に平伏した。

「若月丹波守清胤様、初めてお目にかかります。愚僧は法師名兼浄《けんじょう》と申す者にございます。世を捨てて出家する前は、俗名笠井才蔵にございます」

「おう、そうであったか。よくぞ、あの世から元気に戻られた」

「申し訳ございませぬ。この度は娘都与親子や、我が息子とも思っております武彦が、殿にお助けいただき、まことにありがとうございました」

「兼浄殿、そう硬くならずに、部屋に入ってくだされ。それがし、いまは殿ではなく、若隠居の身。名も大館文史郎だ」

「はい。旅の途中、玉吉殿から殿のことについては、伺っておりました。それに相談人の皆さんのことも」

左衛門が進み出た。

「そうでござったか。ともあれ、座敷の中へ。皆の者を紹介いたしたい」

「さあさ、兼浄殿、遠慮なさらず、どうぞ中へ」

大門も髯面を崩し、目を袖で拭いながら、才蔵こと兼浄を促した。

「それでは失礼いたします」

兼浄は立ち上がり、都与とともに座敷に足を進めた。

左衛門が座敷に集まった面々を兼浄に紹介した。

兼浄は一人一人に頭を下げた。

赤ん坊のはしゃぐ声が部屋に入って来た。

騒ぎを聞き付けた乳母が赤子をあやしながら現れた。

「お父様、この子が小太郎にございます」

都与が兼浄に乳母の腕に抱かれた赤子を見せた。

「おお、この子が殿の御子小太郎か」

兼浄は乳母から赤ん坊を受け取り、恐る恐る胸に抱いた。

「お父様、この子について、お話があります」

都与が兼浄を見上げた。都与の目に真剣な光が宿っていた。

「何かな？」

「ここでは……後ほどに」

都与は周りに目をやった。兼浄はうなずいた。

文史郎がいった。

「親子の間のお話もあろうが、それよりも先に、兼浄殿にお話したいことがあるのだが」

「殿、私にもお願いしたいことがあります」

兼浄は赤子を都与に渡し、文史郎の前に座った。懐から油紙の包みを取り出し、目の前で開いた。

一通の封書が現れた。黒々とした血の染みが紙に付着している。兼浄は封書を開き、中の巻紙を取り出して、文史郎に差し出した。

「これをお読みください」

「うむ」

文史郎は、何か謂われがある書状なのだろうと思いながら、巻紙を開いた。一目宛先を見て驚いた。

「大目付松平義睦様」とある。

文史郎は手紙を読みはじめた。

手紙は舘林藩内の藩主のお世継をめぐる内紛と、守旧派家老たちを操り、藩の乗っ取りを謀る御側御用取次田丸兵衛助の陰謀を告発するものだった。

最後まで目を通し、文史郎は唸った。

末尾には、黒木又衛門の自署があり、血の落款《らっかん》が捺《お》されてあった。

「黒木又衛門は、大目付様が藩に密かに忍ばせた公儀隠密でござった。実は、それがしも代々が藩に埋め込まれた幕府の草でござった」

兼浄は溜め息をついた。

「役目こそ違え、黒木又衛門とそれがしは、同じ公儀隠密でござった。そうとはつゆ知らず、藩命により、この密書を届けようとした盟友の黒木を斬ってしまったのでござる。黒木は最期の間際に、息絶え絶えになりながらも、この密書をそれがしに託してから亡くなりました」

「ううむ」

文史郎は書状を左衛門に渡した。

「いまから思うと、告発を恐れた田丸兵衛助が、筆頭家老の田原守膳を通して、それがしに上意討ちを命じたのでござろう。それがしは、つくづくと公儀隠密であることに嫌気が差し、身を隠して辞めようとしたのでござる。だが、生きている限り、公儀から追われて、逃れることはでき申さぬのも必定。そこで、相討ちで死んだことにして、家族とも一切の縁を切り、身を隠したのでござる。そして、出家して、山深い辺地にある寿光寺に籠もって、黒木の霊を弔《とむら》おうとしたのでござる」

左衛門は書状を大門に回した。

「そこへ玉吉殿が訪ね来て、娘都与からの手紙を渡された。そして、それがしが身を隠したあとにも、田丸兵衛助が筆頭家老田原守膳たちと陰謀をめぐらしているのを知り、さらに我が娘がその毒牙にかかろうとしていると分かり、こうして駆けつけたわけにござる」

「なるほど」

文史郎は大門から書状を受け取った。

「お願いの儀というのは、その書状を、ぜひとも、大目付の松平義睦様にお届けいただけませぬか、ということでござる」

「分かった。実は、大目付松平義睦は、それがしの実の兄だ」

「なんという奇遇でござろう。これも亡き黒木又衛門の導きに相違ありますまい」

兼浄は合掌し、念仏を唱えた。

「だが、この密書は、おぬしが黒木又衛門殿から渡されたもの。それがしがいっしょに同行いたすから、やはり、おぬしが大目付に届けるがよかろう。そうすれば、黒木の霊も慰められるというもの。さらに、どういう経緯で、おぬしがその密書を手に入れたかを申しあげれば、田丸兵衛助の企みの真実度がさらに高まるはずだ」

「……分かりました。殿のおっしゃる通りにござろう。では、ぜひ、大目付様の許へ、それがしをお連れくださりたく、お願いいたします」

兼浄は深々と頭を下げた。

文史郎は大きくうなずいた。

「うむ。分かった。だが、その前に、明日、田丸の企みを打ち砕くために、せねばならぬことがあるのだ」

「いったい、何をなさろうというのでござろうか？」

兼浄は顔を上げた。

文史郎は明日に行なわれる法会について、話し出した。

七

安泰寺では、すでに法会が始まっていた。

本堂から朗々《ろうろう》とした声明《しようみよう》が湧き起こるように聞こえて来る。

文史郎は隣接する寺の境内で、見張りをしている中間《ちゆうげん》姿の玉吉からの合図を待ち受けていた。

文史郎は床几《しようぎ》に座り、キセルを一服吹かしていた。

法会から脱け出した中老の大栗忠早衛門が、孫娘の都与や長沼武彦と会って話し込んでいる。

赤ん坊の小太郎は、弥生の母友恵《ともえ》や乳母に預けて道場に残してある。師範代の武田や、四天王の高井真彦たち高弟が赤ん坊の警護にあたっていた。

準備万端。あとは、偽殿たちが現れるのを待つしかない。

石畳に腰を下ろした大門が、ぼりぼりと裁着袴の尻を掻いた。

「あの熊野大介のやつ、嘘をついておらぬだろうな」

「大門殿、おぬしは、あれほど大丈夫だと申しておったではないか」

左衛門が呆れた顔をした。

「うむ。それがし、早百合を信じてのこと。だが、いざとなると、早百合に騙されたかなとも不安になってきた。もし、ほんとうでなければ……」

「いかがいたすのかのう」

文史郎は笑いながら訊いた。大門は頭を掻いた。

「もう、二度と再び、女子は信じぬことにいたすつもりでござる」

「大門殿、前にも、そんな言葉を聞いたことがありますぞ。いつも、女子にいいようにされて。それが大門殿といえば、そうなのですがのう」

左衛門が冷ややかにいった。

山門に玉吉が現れ、文史郎の許に駆けて来た。

「殿、来ました」

偽殿たちが安泰寺の参道に現れたのだ。

「よし。我らも出発しよう」

文史郎は立ち上がり、采配《さいはい》代わりの扇子《せんす》を振った。

文史郎は、二台並んだ乗物の一台に乗り込んだ。左衛門が乗物の引き戸を閉めた。

もう一台の乗物には、都与が乗り込んだ。

陸尺《ろくしゃく》たちが二台の乗物を担ぎ、ゆっくり歩き出した。

文史郎と都与を乗せた二台の乗物は、陸尺たちに担がれ、静々と山門を出て、安泰寺の参道へと進んだ。

文史郎の乗物には左衛門と大門が左右に付き添った。後ろの都与の乗物には、御殿女中姿も艶やかな弥生と、供侍姿の長沼武彦が付き添っている。

その後ろに、中間《ちゅうげん》姿の玉吉や、その手下が槍持ちや挟箱《はさみばこ》持ちに扮して付いている。

行列の先導役は、中老の大栗忠早衛門だった。

参道を進み、山門にさしかかると、警護の侍たちが、ばらばらっと駆けつけた。

「待て待て。行列の立ち入り、罷《まか》りならぬ」

「こちらは、殿がお招きのお客様だ。通しなさい」

中老の大栗忠早衛門が侍たちにいった。

「あ、中老様ではありませぬか」

警護の侍たちの頭《かしら》が現れ、大栗に頭を下げた。

「大栗様、お客様でござるか。どうぞどうぞ、お通りください」

警護の侍たちが左右に道を開けた。

文史郎と都与を乗せた二台の乗物は、春の陽が差し込む参道を本堂に向かって、静々と歩き出した。

本堂の前には、派手な朱塗《しゅぬり》の駕籠が控えていた。

文史郎たちの乗物も、朱塗の駕籠と向かい合うように並んで下ろされた。

引き戸が引き開けられた。

中老の大栗が腰を屈めて囁いた。

「殿、偽者たちは僧坊の控えの間で待っている様子です。いかがいたしましょう?」

「史朝殿が本堂から中座して、控えの間に行こうとしたときに、出よう」

「分かりました。しばし、お待ちを」

文史郎は後ろの都与の乗物を見た。

都与の乗物の前にも草履が並べられていた。都与も、いつでも出られる態勢だ。

「殿、史朝様のおなりです」

「うむ。行こう」

文史郎は乗物から降り、草履を履いた。

家老らしい侍に案内された史朝が、本堂から出て来て、本堂の濡《ぬ》れ縁《えん》を僧坊へ向かって急ぎ足で歩いて行く。史朝には太刀持ちの小姓一人が付いているだけだった。

本堂から声明が高らかに響きわたっている。いまや最高潮に達していて耳を聾《ろう》するほどの大音声だった。

文史郎は左衛門と大門に急げと合図し、史朝のあとを追った。後ろから、乗物を降りた都与と、弥生、武彦たちが続く。

「殿、しばし、お待ちを」

大栗忠早衛門が走りながら、史朝を大声で呼び止めた。史朝は、ふと振り向いた。

「お、大栗忠早衛門ではないか」

史朝は濡れ縁の上で立ち止まった。

「田原守膳殿もお待ちくだされ」

先導していた筆頭家老の田原守膳が振り向いて怒鳴った。

「大栗、いったい、何ごとだ。あとにせい。いまはお客様が殿をお待ちになられておる」

「殿、そのお客というのは？」

「なんだ、おぬしが呼んでくれたのかと思うたが。例の剣客相談人のお殿様だ。さっそくにも、都与を捜し出して、連れて来てくれたそうだ。あとにせい」

史朝は急ぎ足で行こうとした。

「殿、お待ちを。剣客相談人の若月丹波守清胤様は、こちらにおられます」

大栗は、文史郎を手で差した。

「なにい？　若月丹波守清胤様だと！」

田原守膳は、文史郎を見て、一瞬にして血相を変えた。

「殿、こやつらは偽者ですぞ。本物は僧坊でお待ちになっておられます。さあ、行きましょう」

田原守膳は、史朝の腕を引いて、僧坊へ連れて行こうとした。

声明が高らかに響いているので、話し声がよく聞き取れなかった。

史朝は怪訝な顔をした。

「大栗、いったい、どうなっておるのだ？」

「殿、行ってはなりませぬ。あちらの僧坊にいるのは偽の剣客相談人たち。やつらは、殿のお命を狙っています」

田原守膳が怒鳴った。

「何をいうか、大栗。殿、お惑いなされるな。僧坊でお待ちしている方々こそ本物。そこにおるのは偽者でござるぞ」

突然、後ろから都与が走り出て、濡れ縁の前の地べたに跪《ひざまず》いた。

「殿、あちらに行ってはなりませぬ。あちらは偽者。こちらにおられるのが、本物のお殿様でございまする」

史朝の顔がぱっと晴れやかになった。

「なんと都与ではないか。よくぞ戻った」

史朝は田原守膳の手を振り払った。

「近こう寄れ。もっと顔をはっきり見せよ」

史朝は濡れ縁にしゃがみ込んだ。

家老の田原守膳が怒鳴った。

「出合え出合え。狼藉者だ！」

途端に僧坊から、ばらばらっと三人の人影が飛び出した。そのあとから、数人の侍たちも走り出て来た。

「殿、さ、降りてくださいませ」

都与が史朝の手を摑んで引いた。

「都与、なにをいたす」

史朝は思わずよろけて、濡れ縁から転がり落ちた。お小姓が太刀を捧げ持ったまま、あとからついて飛び降りた。

「史朝殿、拙者、剣客相談人若月丹波守清胤改め大館文史郎。義によって、お守りいたす」

文史郎は史朝を背後に庇い、駆けつけた偽殿たちの前に立ちはだかった。

「拙者、傅役の篠塚左衛門」

左衛門が文史郎と並んだ。

「同じく、相談人大門甚兵衛と申す」

大門はのっそりと左衛門の脇に立った。

「同じく剣客相談人こと大瀧弥生」

弥生は大音声で小太刀を抜き放った。

「それがし、都与殿の警護役長沼武彦と申します」

長沼武彦は都与を背にして立った。

突然、剣客相談人たち全員に名乗られ、史朝は面食らっていた。

都与が尻餅《しりもち》をついている史朝に寄り添っていった。

「殿、ご安心を。皆さん、殿のお味方にございます」

史朝は、急いで太刀持ちの小姓から大刀を受け取った。

駆けつけた偽殿一味の三人が抜刀した。

三人は、文史郎と、大門たちが背に庇った史朝を取り囲んだ。

「そこを退け。拙者、剣客相談人若月丹波守清胤だ」

正面の精悍《せいかん》な風貌の武士が叫んだ。

いっしょにいた初老の武士も名乗った。

「拙者、傅役篠塚左衛門と申す」

頬髯を生やした大男が大声でいった。

「拙者、大門甚兵衛……というは、真っ赤な偽り。拙者、素浪人熊野大介」

偽大門はくるりと身を翻して、周りの侍たちに大音声で怒鳴った。

「皆の衆、ここにいる連中たちは、偽の剣客相談人、偽殿こと判沢慶次郎、それに偽傅役こと見田宗衛門にござるぞ」

偽殿と暴露された判沢慶次郎は真っ赤な顔で激怒した。

「おのれ、熊野、裏切ったな。誰か、こやつを始末しろ」

判沢は背後の侍たちに命じた。

侍たちの中から、いきなり、一つの人影が躍り出た。

白刃が音もなく一閃した。続いて、もう一閃。

熊野は刀を構える間もなかった。

熊野大介の大柄な軀は、その場にずるずると崩れ落ちた。

「おのれ、久坂幻次郎！」

思わず文史郎は叫んでいた。

残心の構えを取っていたのは、久坂幻次郎だった。久坂幻次郎はにやっと冷酷そうな笑みを浮かべた。

「熊野！　しっかりせい」

大門が熊野に駆け寄り、抱き起こした。

「…………」

熊野はとぎれとぎれに大門に何ごとかを囁いた。

「馬鹿野郎、そんなことは、自分でいえ」

大門は熊野の軀を揺すった。熊野はがっくりと首を落とした。

「狼藉者だ！　出合え」

田原守膳は怒鳴り声を上げた。

僧坊から新手《あらて》の侍たちが駆けつけた。

本堂からも、十数人の供侍が走り出た。

境内を警備していた侍たちも駆け寄った。

田原守膳が勝ち誇った顔で叫んだ。

「かかれ！　殿ともども剣客相談人たちを始末しろ」

その号令一下、判沢が文史郎に斬りかかった。

見田宗衛門も、左衛門に刀を突き入れた。

文史郎は抜き打ちで、斬りかかった判沢の胴を払った。血潮が噴き出し、判沢の軀が膝から崩れ落ちた。

左衛門は体を翻し、見田宗衛門の大刀を躱した。刀を抜くと見田の胴を抜いた。

見田はよろめき、その場にどうっと倒れた。

「大門、立て。拙者、据《す》え物《もの》斬《ぎ》りはしたくない」

久坂幻次郎が大門にいった。

大門は熊野の軀を横たえ、久坂幻次郎に向いた。

「おのれ、よくも熊野を斬ったな」

久坂幻次郎が上段から大門に向かって刀を振り下ろした。

大門は一瞬早く飛びすさった。久坂幻次郎の剣は空を斬って流れた。

「久坂幻次郎、拙者がお相手いたす」

文史郎が青眼に構えて大門を庇った。

「待て、久坂幻次郎、引け。あとは拙者がやる」

侍たちの後ろから貫兵衛が姿を現した。

久坂幻次郎は不満そうに鼻を鳴らすと、くるりと踵を返して、一人山門の方に歩き出した。

「貫兵衛、いったい、どういうことだ？」

田原守膳は呆気《あっけ》に取られた。

「負けだ。あきらめろ」

「な、なにをいう、貫兵衛」

田原守膳は気を取り直して周りを見回した。家来を率いた城代藤堂龍造を見付けた。

「藤堂、おぬしの配下の者にかかれと命じろ。こやつらを……」

藤堂は後ろに身を引いた。

「断る。それがしは殿の味方。おぬしらには加担せぬぞ」

「おのれ、藤堂、おまえも裏切ったか」

田原守膳は抜刀し、斬りかかろうとした。

田原守膳の後ろにいた貫兵衛が、いきなり刀を揮《ふる》った。血飛沫《しぶき》が飛んだ。

「か、貫兵衛、おぬしまで……」

田原守膳は最後までいえず、きりきり舞いをして倒れ込んだ。

文史郎は貫兵衛に向いて八相に構えた。

貫兵衛は低い声でいった。

「文史郎、おぬし、これ以上、我らと戦って死人を増やしたいか？　それとも我らが引き揚げるのを黙って見逃すか」

文史郎はじっと貫兵衛を睨んだ。

相手は公儀のお庭番だ。かなりの剣術遣いばかり。戦えば、双方に相当の死傷者が出る。

できれば、これ以上、法会がなされている安泰寺の境内を血で汚したくない。

僧侶たちの声明は続いている。

「行け」

文史郎は短くいった。

貫兵衛はせせら笑い、部下たちに命じた。

「引け引け」

僧坊から駆けつけた侍たちが、一団となって、参道を走り出した。

「行かせろ。行く手を邪魔するな」

文史郎は大声で怒鳴った。

供侍たちは、引き上げる侍たちに道を開けた。

「このこと、田丸兵衛助に伝えろ。二度と再び、舘林藩に手を出すな、と」

「承知した」

貫兵衛は刀を懐紙で拭い、静かに鞘に納めた。踵を返すと、部下たちのあとを追って駆け出した。

文史郎も懐紙を取り出し、血に汚れた刀の抜き身を拭った。刀を腰の鞘に静かに納めた。

「さすが剣客相談人だ。よくぞ争いを治めてくれた。かたじけない。心から礼を申し上げる」

史朝は文史郎に駆け寄った。

文史郎は史朝の傍らに寄り添った都与を見ながら諭《さと》すようにいった。

「史朝殿、藩主のお役目は、藩内をうまくおまとめになること。争い事の種は作らず、政《まつりごと》を行なっていただきますよう、よろしくお願いしますぞ」

史朝は真顔でうなずいた。

「分かり申した。大栗忠早衛門からも、こんこんと諭された。今後の藩政に、大いに活かして行くつもりだ。約束する」

史朝は文史郎の手を堅く握った。

八

大目付松平義睦の屋敷は、静まり返っていた。

文史郎は腕組をし、兼浄こと笠井才蔵の話に耳を傾けていた。

兄者の松平義睦も、黙って黒木又衛門の書状に目を落とし、笠井才蔵の話を聞いていた。

やがて、笠井才蔵がすべてを話し終わると、松平義睦はにこやかに笑い、笠井才蔵を労《ねぎら》った。

「よくぞ、黒木又衛門の手紙を届けてくれた。死んだ黒木も、これで浮かばれよう。これだけの証拠があれば、もはや田丸兵衛助も逃げることはできないだろう。あとは上様にお伝えして、田丸兵衛助に厳しい処断が下りるのを待つだけだ」

「ありがとうございました。これで、拙僧も長年の胸のつかえがなくなりました」

兼浄はほっと安堵の笑みを浮かべ、文史郎に向き直った。

「重ね重ね、お殿様には、お世話になりまして。ほんとうに感謝の言葉がありませぬ」

兼浄は文史郎に頭を下げた。

文史郎は笑いながらいった。

「いやいや、たまたま、剣客相談人として仕事を頼まれ、少しばかり、皆さんをお助けしただけ。礼をいうには及ばない。これが、それがしの仕事でござるからな」

「都与も心から殿に感謝しております」

「そうですか。都与殿は、小太郎様が史朝殿のお世継になると、これからまだまだ気苦労が多いかと思うが、気丈な姫君だから、きっとうまく乗り切ることでござろう」

「殿は、まだ御存知ない？」

「何をでござる？」

「都与は史朝様のお許しを得て、長沼武彦と祝言を挙げることになりました」

「なんですと！　では、小太郎様は、いかがなことになるのでござる？」

「……実は、あれから娘から打ち明けられたことがございまして。驚いたことに、小太郎は殿の子ではないというのです」

「では、いったい誰の……」

「武彦との間に生まれた子だというのです」

「な、なんですって？　どうして、そんなことがあるのでござる？」

「親として真に恥ずかしいのですが、都与は奥女中となって殿のお側に上がる前に、すでに武彦と男と女の間柄になっていたのでござる」

「史朝殿は、それを御存知なのか？」

「都与は、お手つきになろうとした夜に、必死に史朝様に自分には言い交わした許婚がいる、といって逃れたそうなのです。すでに、そのときには、都与は身籠もっていた」

「なんと」

文史郎は驚いて頭を振った。

「それを聞いた史朝様は、都与のお腹の子を自分の子としてもいい、将来はお世継にするから、ぜひとも自分と添い遂げてほしい、と懇願したというのです。都与は迷った末に根負けし、いったんは史朝様の側女になる決意をしたのでござった」

「それなのに、なぜ?」

「義祖父である中老の大栗忠早衛門殿が、史朝様に衷心《ちゅうしん》から申し上げたらしいのでござる。まずはお家安泰のためには、正室の優子様、側室の柚の方をないがしろにしてはいけない、と。さらに、ほんとうに都与を愛しく思うのであれば、都与を黙って、相思相愛の武彦に添い遂げさせるが一番いい、と」

「なるほど」

「そして、強引に小太郎を我が子などとせず、正室の優子様が産んだ百合姫に、毛利家の血筋を引く婿養子を迎えさせ、お世継にするのが、お家安泰に繋がると説いたところ、史朝様は、はじめお怒りになったが、ようやくお家安泰のためには、と納得なされたらしいのでござる。そして、史朝様は都与の懇願に、とうとう負けて、都与が武彦の許に嫁入りするのを認めたという次第です。もちろん、小太郎は正式に武彦の長子として認められもうした」

「ううむ。女子はいざとなったら強いものでござるな」

文史郎は頭を振った。

「まったく、同感同感」

傍らで聞いていた松平義睦も笑いながらうなずいた。

そうか。城代の藤堂龍造は、自分の娘優子を愛するあまりに、筆頭家老の田原守膳に同調して、史朝殿に反旗を翻していたが、史朝殿から百合姫に婿養子を迎えてお世継にするという話を聞き、土壇場《どたんば》で田原守膳たちと袂《たもと》を分かったのか、と文史郎は納得するのだった。

「文史郎、これで万事、うまく行きそうではないか。よかったよかった」

松平義睦は、兼浄と顔を見合わせ、大いに笑った。

九

春風が大川の川面にさざ波を立てていた。

文史郎は、大川の畔のいつもの場所に陣取り、釣り糸を垂れていた。川面に浮き沈みする浮きは、ぴくりともしない。

傍らで、大門が所在なげにぼんやりと川面を眺めていた。

「大門、いかがいたした？　元気がないではないか」

「はあ」

「しっかりしろ。いつもの大門らしくないぞ」

「はあ」

「いったい、どうしたというのだ？」

「……あれから、すっかり気が抜けてしまって」

大門は力なくうなだれた。

「あれから、というのは？」

「熊野大介が、それがしの腕の中で息を引き取って以来ということです。あいつ、死ぬ間際に、それがしに『自分が死んだら、早百合のことを頼む』というんです」

「ほう」

「で、早百合に『ぬしを心から慕っていた』といってくれといったんで、思わず、そんなことは生きて自分でいえ、と怒鳴ってしまった。だが、やつは逝《い》ってしまった」

「ま、仕方ないな。それで、早百合に熊野大介の言葉を伝えたのか」

「はい。死に際の言葉ですからな。遺言のようなものですのでな」

「そうしたら？」

「早百合は、うちの熊さんが死んだと、泣き崩れてしまった。慰めようとしたら、放っておいてくれ、と。あんたの顔なんか見たくない、とっとと出て行けって、追い出された。拙者はまた嫌われてしまった」

大門は大きく溜め息をつき、ごろんと大の字に寝転んだ。

「殿……」

土手の向こうで左衛門の声が聞こえた。

左衛門が首を振り振りやって来るのが見えた。

浮きに久しぶりにこつんと魚信《あたり》があった。

勢いよく竿を引き上げると、餌が消えていた。

文史郎は、釣り針を引き寄せ、新しいミミズを付けた。

「殿、たいへんですぞ」

左衛門が駆け寄り、文史郎の脇に座った。

文史郎は竿を揮い、釣り針を遠くの川面に放り込んだ。

「なんだというのだ？」

「先ほど、松平義睦様のお使いがおいでになられ、殿にお知らせがあると。御側御用取次の田丸兵衛助様が汚職の証拠ありということで、半年の閉門蟄居を仰せつかったとのことです。その後、隠居ということに」

「そうか。いよいよ、責任追及が始まったか。で、舘林藩に対しては？」

「なんのお咎《とが》めもなしです」

「それはよかった。ほかには？」

「菅野貫兵衛殿は、お庭番頭を解任され、やはり三ヵ月の閉門蟄居を仰せつかったそうです」

「まずまずのお咎めだな」

文史郎は川面の浮きがひくひくと動くのを見ながらいった。

突然、文史郎は殺気を感じ、思わず振り向きざまに釣り竿を相手に投げつけ、柳の木に立てかけてあった大刀を取った。

いまのいままで文史郎が座っているあたりを、白刃がきらめき、空中で竿を真っ二つに切り落としていた。

二本になった釣り竿が土手に転がった。

大門も左衛門も不意打ちを逃れて、土手を転がり落ちていた。水音がして、二人とも水に半身が浸かっていた。

「なにやつ」

文史郎は大刀の鯉口を切った。

「運のいいやつらだ」

久坂幻次郎がにやりと笑い、刀の抜き身を八相に構えていた。

「先日の礼をいいに参った」

「………」

「貴様たちのお陰で、拙者は用心棒の職を失い、食い扶持《ぶち》もなくなった。このままでは腹の虫が収まらぬ。拙者と勝負しろ」

「おのれ、熊野大介の仇《かたき》。拙者が相手をいたす」

川に浸かった大門が土手をよじ登りながら、大声で怒鳴った。

「髯、おぬしはあとで相手をしてやる。その前に、この殿をぶった斬る。首を洗って待っておれ」

「殿、用心なされ」

左衛門も土手を四つんばいで登りながら叫んだ。

文史郎は刀を抜いた。

柳の木を背にして相青眼で対峙《たいじ》する。

久坂幻次郎は、太陽を背にしていた。眩《まばゆ》い陽光が文史郎の目を射った。

文史郎は顔をやや背けながら、じりじりと土手の上を移動し、久坂幻次郎が太陽を背にしない位置に行こうとした。

久坂幻次郎は自分の優位を感じ、せせら笑った。

どう移動しても、陽光が目に入る。

文史郎は思い切って、目を閉じた。目蓋に久坂幻次郎の影を感じた。

文史郎は右斜め下段に刀を変えた。

目を閉じていると、かえって相手の動きが分かる。

久坂幻次郎の気配にじっと全身全霊を傾けた。

空気が動いた。来る、と文史郎は感じた。

久坂幻次郎の軀が一足飛びに斬り間に飛び込んで来る。

文史郎は逃げずに一歩踏み出し、逆に間合いを詰めた。同時に右斜めから刀を回転させて、目蓋に感じる影に、袈裟懸けに振り下ろした。

手応えがあった。同時に軀の左側を掠めて久坂幻次郎の刀が通り過ぎた。

目を開けると、朱《あけ》に染まった久坂幻次郎の軀がゆっくりと傾き、そのまま土手を転がり落ちていった。

水音が立った。

久坂幻次郎の軀は淀みに飛び込み、見えなくなった。

文史郎は残心の構えを取った。

「殿、お怪我は?」

気が付くと、左手の腕の袖が切られ、上腕から血潮が流れていた。

左衛門と大門が文史郎に駆け寄った。

左衛門が手拭いで傷を縛り上げた。

「殿、あれを」

大門が指差した先に、久坂幻次郎の軀がゆっくりと浮かび上がった。

久坂幻次郎は俯《うつぶ》せになった姿勢で、顔を水に浸けたまま動かなかった。

「やりましたな」

左衛門が呟くようにいった。

久坂幻次郎の死体は、川の流れに乗って、ゆっくりと流れて行く。

文史郎たちはそれぞれ、久坂幻次郎に合掌し、成仏を願った。

「終わりましたな」

大門がいった。

「これで、あの熊野大介も成仏することでしょう。殿、拙者の代わりに、仇を討っていただきありがとうございました」

「なに、そんなことはいい」

文史郎は懐紙で刀を拭い、鞘に納めた。

女の声が聞こえた。

声の方向を見ると、早百合が裾を乱しながら、必死に駆けてくるのが見えた。

「大門さまあ」

「あ、うさぎだ」

大門が照れたようにいった。

やがて、早百合が大門のところまで駆けて来ると、いきなり大門に抱きついた。

「さっきは御免ね。今日から、あんたが私の熊さんだよ」

「いやあ、参った参った」

大門は大いに照れながら笑った。

「あ、お殿さま、左衛門さま、今日は」

早百合も笑いながら文史郎たちに頭を下げた。

「殿、左衛門様、ちと、お先に」

大門はさっきの憂鬱《ゆううつ》そうな顔とは打って変わった明るい顔で早百合と連れ添って歩き出した。

二人は歩きながら互いに軀を指で突っ突き合っている。

「春ですなあ。ようやく大門殿にも春が参ったようですな」

左衛門がしんみりした顔でいった。

「爺、本日も世はすべて事もなし、か。よきかなよきかなだな」

文史郎は天を仰ぎ見た。

青い空に春の雲が沸き上がっていた。

黄色い蝶々《ちょうちょ》が二匹、互いに上になったり下になったりしながら舞っていた。

時代小説
二見時代小説文庫

用心棒始末《ようじんぼうしまつ》　剣客相談人《けんかくそうだんにん》10

著者　森《もり》　詠《えい》

発行所　株式会社 二見書房
東京都千代田区三崎町二－一八－一一
電話　〇三－三五一五－二三一一［営業］
〇三－三五一五－二三一三［編集］
振替　〇〇一七〇－四－二六三九

印刷　株式会社 堀内印刷所
製本　ナショナル製本協同組合

 ISBN978－4－576－14010－0
http://www.futami.co.jp/

二見時代小説文庫

剣客相談人 長屋の殿様 文史郎

森 詠［著］

若月丹波守清胤、三十二歳。故あって文史郎と名を変え、八丁堀の長屋で爺と二人で貧乏生活。生来の気品と剣の腕でよろず揉め事相談人に！ 心暖まる新シリーズ！

狐憑きの女 剣客相談人2

森 詠［著］

一万八千石の殿が爺と出奔して長屋暮らし。人助けの万相談で日々の糧を得ていたが、最近は仕事がない。米びつが空になるころ、奇妙な相談が舞い込んだ……！

赤い風花《かざはな》 剣客相談人3

森 詠［著］

風花の舞う太鼓橋の上で、旅姿の武家娘が斬られた。瀕死の娘を助けたことから、「殿」こと大館文史郎は、巨大な謎に立ち向かう！ 大人気シリーズ第3弾！

乱れ髪 残心剣 剣客相談人4

森 詠［著］

「殿」は、大川端で心中に見せかけた侍と娘の斬殺死体を釣りあげてしまった。黒装束の一団に襲われ、御三家にまつわる奥深い事件に巻き込まれていくことに…！

剣鬼往来 剣客相談人5

森 詠［著］

殿と爺が住む八丁堀の裏長屋に男装の女剣士が来訪！ 大瀧道場の一人娘・弥生が、病身の父に他流試合を挑む凄腕の剣鬼の出現に苦悩、相談人らに助力を求めた！

夜の武士《もののふ》 剣客相談人6

森 詠［著］

殿と爺が住む裏長屋に若侍を捜してほしいと粋な辰巳芸者が訪れた。書類を預けた若侍が行方不明なり、相談人らに捜してほしいと…。殿と爺と大門の剣が舞う！

笑う傀儡《くぐつ》 剣客相談人7

森詠［著］

両国の人形芝居小屋で観客の侍が幼女のからくり人形に殺される現場を目撃した「殿」。同じ頃、多くの若い娘の誘拐事件が続発、剣客相談人の出動となって……。

七人の刺客 剣客相談人8

森詠［著］

兄の大目付に呼ばれた殿と爺と大門は驚愕の密命を受けた。江戸に入った刺客を討て！一方、某大藩の侍が訪れ、行方知れずの新式鉄砲を捜し出してほしいという。

必殺、十文字剣 剣客相談人9

森詠［著］

「殿」と爺らに白装束の辻斬り探索の依頼。すでに七人が殺され、すべて十文字の斬り傷が残されているという。背後に幕閣と御三家の影！長屋の殿と爺と大門は…。

進之介密命剣 忘れ草秘剣帖1

森詠［著］

開港前夜の横浜村近くの浜に、瀕死の若侍を乗せた小舟が打ち上げられた。回船問屋の娘らの介抱で傷は癒えたが記憶の戻らぬ若侍に迫りくる謎の刺客たち！

流れ星 忘れ草秘剣帖2

森詠［著］

父は薩摩藩の江戸留守居役、母は弟妹と共に殺されていた。いったい何が起こったのか？記憶を失った若侍に明かされる、驚愕の過去！大河時代小説、第2弾！

孤剣、舞う 忘れ草秘剣帖3

森詠［著］

千葉道場で旧友坂本竜馬らと再会した進之介の心に、疾風怒涛の魂が荒れ狂う。自分にしかできぬことがあるやらずにいたら悔いを残す！好評シリーズ第3弾！

二見時代小説文庫

影狩り　忘れ草秘剣帖4

森詠［著］

江戸城大手門はじめ開明派雄藩の江戸藩邸に脅迫状が張られ、筆頭老中の寝所に刺客が……。天誅を策す「影法師」に密命を帯びた進之介の北辰一刀流の剣が唸る！

夜逃げ若殿 捕物噺　夢千両すご腕始末

聖龍人［著］

御三卿ゆかりの姫との祝言を前に、江戸下屋敷から逃げ出した稲月千太郎。黒縮緬の羽織に朱鞘の大小、骨董目利きの才と剣の腕で江戸の難事件解決に挑む！

夢の手ほどき　夜逃げ若殿 捕物噺2

聖龍人［著］

稲月三万五千石の千太郎君、故あって江戸下屋敷を出奔。骨董商・片岡屋に居候して山之宿の弥市親分とともに謎解きの才と秘剣で大活躍！　大好評シリーズ第2弾

姫さま同心　夜逃げ若殿 捕物噺3

聖龍人［著］

若殿の許婚・由布姫は邸を抜け出て悪人退治。稲月三万五千石の千太郎君との祝言までの日々を楽しむべく由布姫は江戸の町に出たが事件に巻き込まれた！

妖《あや》かし始末　夜逃げ若殿 捕物噺4

聖龍人［著］

じゃじゃ馬姫と夜逃げ若殿。許婚どうしが身分を隠してお互いの正体を知らぬまま奇想天外な妖かし事件の謎解きに挑み、意気投合しているうちに…第4弾！

姫は看板娘　夜逃げ若殿 捕物噺5

聖龍人［著］

じゃじゃ馬姫と名高い由布姫は、お忍びで江戸の町に出て会った高貴な佇まいの侍・千太郎に一目惚れ。探索に協力してなんと水茶屋の茶屋娘に！　シリーズ第5弾

贋若殿の怪 夜逃げ若殿 捕物噺6

聖龍人［著］

江戸にてお忍び中の三万五千石の若殿・千太郎君の前に現れた、その名を騙る贋者。不敵な贋者の、真の狙いとは⁉ 許婚の由布姫は果たして…。大人気シリーズ第6弾

花瓶の仇討ち 夜逃げ若殿 捕物噺7

聖龍人［著］

骨董目利きの才と剣の腕で、弥市親分の捕物を助けて江戸の難事件を解決している千太郎。許婚の由布姫も、事件の謎解きに健気に大胆に協力する！ シリーズ第7弾

お化け指南 夜逃げ若殿 捕物噺8

聖龍人［著］

三万五千石の夜逃げ若殿、骨董目利きの才と剣の腕で、江戸の難事件に挑むものの今度ばかりは勝手が違う！ 謎解きの鍵は茶屋娘の胸に。大人気シリーズ第8弾！

笑う永代橋 夜逃げ若殿 捕物噺9

聖龍人［著］

田安家ゆかりの由布姫が、なんと十手を預けられた！ 江戸下屋敷から逃げ出した三万五千石の夜逃げ若殿と摩訶不思議な事件を追う！ 大人気シリーズ第9弾！

悪魔の囁き 夜逃げ若殿 捕物噺10

聖龍人［著］

事件を起こす咎人《とがびと》は悪人ばかりとは限らない。夜逃げ若殿千太郎君《ぎみ》は許嫁の由布姫と二人して難事件の謎解きの日々だが、ここにきて事件の陰で戦《おのの》く咎人の悩みを知って……。

与力・仏《ほとけ》の重蔵 情けの剣

藤水名子［著］

続いて見つかった惨殺死体の身元はかつての盗賊一味だった…。鬼より怖い凄腕与力がなぜ〝仏〟と呼ばれる？ 男の生き様の極北、時代小説に新たなヒーロー！ 新シリーズ！

かぶき平八郎 荒事始 残月二段斬り

麻倉一矢［著］

大奥大年寄・絵島の弟ゆえ、重追放の咎を受けた豊島平八郎は八年ぶりに江戸に戻った。溝口派一刀流の凄腕を買われて二代目市川團十郎の殺陣師に。シリーズ第１弾

百万石のお墨付き かぶき平八郎 荒事始2

麻倉一矢［著］

五代将軍からの「お墨付き」を巡り幕府と甲府藩の暗闘。元幕臣で殺陣師の平八郎は、秘かに尾張藩の助力も得て将軍吉宗の御庭番らと対決。シリーズ第２弾！

北瞑の大地 八丁堀・地蔵橋留書1

浅黄斑［著］

蔵に閉じ込めた犯人はいかにして姿を消したのか？ 岡っ引き喜平と同心鈴鹿、その子蘭三郎が密室の謎に迫る！ 捕物帳と本格推理の結合を目ざす記念碑的新シリーズ！

天《あま》満《みつ》月《つき》夜《よ》の怪《ケ》事《チ》 八丁堀・地蔵橋留書2

浅黄斑［著］

江戸中の武士、町人が待ち望む仲秋の名月。その夜、惨劇は起こった……！ 時代小説に本格推理の新風を吹き込んだ！ 鈴鹿蘭三郎が謎に挑む。シリーズ待望の第２弾！

公事宿《くじやど》 裏始末 火車《かしや》廻る

氷月葵［著］

理不尽に父母の命を断たれ、名を変え江戸に逃れた若き剣士は、庶民の訴証を扱う公事宿で絶望の淵から浮かび上がる。人として生きるために……。新シリーズ！

公事宿 裏始末2 気炎立つ

氷月葵［著］

江戸の公事宿で、悪を挫き庶民を救う手助けをすることになった数馬。そんな折、金持ちしか相手にせぬ悪名高い四枚肩の医者にからむ公事が舞い込んで……。